LE DÉTOUR

S.A. Bodeen

LE DÉTOUR

Traduit de l'anglais (États-Unis)
par Valentine Vignault

Michel LAFON

Titre original : *The Detour*
Première publication par Feiwel and Friends,
une maison d'édition de Macmillan, en 2015

Publié en accord avec Mendel Media Group, LLC, New York,
et avec l'Agence Éliane Bénisti, Paris.

Design de couverture : Eileen Savage

118, avenue Achille-Peretti – CS 70024
92521 Neuilly-sur-Seine Cedex
www.lire-en-serie.com

1

Ça vous arrive souvent de voir une fille pieds nus au bord de la route, debout sur une bûche, en train de jouer de la flûte traversière ?

Jamais. Ça ne vous arrive jamais.

C'est *pour ça* que mon attention s'est détournée de la tortueuse route de gravier pendant une fraction de seconde de trop, largement suffisante pour que les pneus de mon Audi rouge décapotable mordent le bord de la route, route sur laquelle, certes, je roulais bien trop vite.

D'abord, je n'aurais jamais dû me retrouver sur ce tronçon paumé de route merdique, lors de ce vendredi ensoleillé de juin. Non, il aurait été plus judicieux d'écouter ma mère et de rester à la maison pour terminer mon roman dans les délais impartis.

Au lieu de quoi, j'avais cédé à mon orgueil.

– Je suis un vrai écrivain, maman. Une *auteure*, quoi. Et c'est ce que font les auteurs. Les auteurs participent à des ateliers d'écriture.

J'avais omis de terminer cette phrase à voix haute mais, dans ma tête, j'avais continué sur ma lancée. Les auteurs se rendent à des stages d'écrivains… *pour que tous les prétendants qui paient très cher ce privilège puissent nous lécher les bottes en rêvant d'être un jour à notre place.*

J'avais passé plusieurs week-ends, cet été-là, à frayer avec les non-publiés – pardon, au temps pour moi : avec les pas-encore-publiés –, dont la majorité se compose de femmes au foyer, la trentaine bien tassée, zélées, sérieuses, croyant dur comme fer qu'elles sont destinées à devenir la future Stephenie Meyer.

J'avais souri dans ma chambre en préparant mon sac pour ce week-end de stage, que j'honorais de ma présence en échange d'une somme extravagante. Parce que c'était drôle, en vérité, que toutes ces mères au foyer qui n'avaient pas la moindre chance de percer un jour soient les dindons de la farce. Elles se mettaient le doigt dans l'œil en s'imaginant qu'elles allaient pouvoir faire du fric avec leurs histoires à la noix, et vivre enfin leur rêve. La gloire, les tournées de promotion, les fans. Et j'adorais, je me délectais même, de l'idée que je n'avais que dix-sept ans, même pas la moitié de leur âge pour beaucoup, et que j'avais déjà accompli ce qu'aucune d'entre elles ne ferait probablement jamais : j'avais écrit un livre, une trilogie pour être exacte, pour laquelle un grand éditeur new-yorkais m'avait offert un bon gros demi-million de dollars.

Les personnes qui participaient à ces stages se berçaient d'illusions.

Je veux dire, franchement, qu'est-ce qu'elles attendaient de moi ?

Que je les recommande à mon agent ?

Que je leur donne une idée de roman ?

Que je leur dise comment écrire *le* livre qui allait changer leurs vies ?

Il n'y a pas de formule magique. Et même s'il y en avait une, je ne la leur filerais sûrement pas.

J'avais dix-sept ans. À quinze ans, j'avais signé le contrat, et à seize, j'étais partie en tournée dans une douzaine de villes, chaperonnée par ma mère et par mon attaché de presse attitré, engagé par mon éditeur.

Les deux premiers tomes de ma série pour jeunes adultes étaient restés dans la liste des meilleures ventes du *New York Times* pendant trente-six semaines d'affilée, et ce n'était pas fini. Entre les livres et mon nouveau contrat pour une adaptation au cinéma – Steven Spielberg en personne voulait m'inviter à dîner lors de ma venue à Hollywood à l'automne –, j'étais bien partie pour engranger plus d'un million de dollars au total. Bon, le plus gros de cet argent était bloqué sur un compte en attendant ma majorité, mais j'avais tout de même pu en toucher suffisamment pour me payer un premier trimestre à l'université d'Oregon cet automne, là où mon père avait fait ses études, et où j'allais jouir du confort d'une chambre individuelle au Global Scholars Hall, la résidence la plus coûteuse de tout le campus. Pauvres petits boursiers de première année, entassés dans des chambres à peine plus larges que des placards, condamnés à manger des gratins de macaronis au fromage à la cantine ou à se préparer des nouilles instantanées au sous-sol de leur dortoir, pendant que j'allais me nourrir de sushis préparés à la demande.

Mon succès ne faisait que me conforter dans le sentiment que si ces soi-disant écrivains n'avaient pas été capables de réaliser avant la trentaine ce que j'avais accompli à seize ans, alors ils ne méritaient tout simplement pas d'être publiés.

À mon humble avis, bien sûr.

Ma mère m'avait également laissée retirer assez d'argent pour acheter quelques babioles, comme mon sac Birkin rouge vif, idéalement assorti à mon cabriolet immatriculé dans l'Oregon, dont les plaques personnalisées indiquaient DS-ECRIVI : ce cabriolet, précisément, dont je venais de perdre le contrôle après avoir heurté la bordure de la route à plus de quatre-vingt-dix kilomètres heure, alors que j'aurais dû rouler à cinquante.

Mais ce n'était pas ma faute si je conduisais si vite. J'étais frustrée et très énervée.

L'atelier d'écriture était perdu au fond des bois, quelque part entre ma maison à Bend et la ville de Eugene, mais un peu avant la fin du parcours, j'étais tombée sur une déviation. Et avec un délicieux accent anglais qui l'aurait presque fait passer pour J.K. Rowling, le GPS dernier cri de ma voiture m'avait dit de continuer tout droit, alors que mon instinct me hurlait qu'il valait mieux faire demi-tour vite fait bien fait.

Et j'étais restée sur cette route secondaire pendant une dizaine de kilomètres, avec le soleil dans la tronche et J.K. qui gazouillait de temps à autre « Continuez tout droit », jusqu'à ce que je finisse par gueuler :

– C'est pourri, ce plan ! Allez, je fais demi-tour maintenant.

Mais au détour du virage suivant, j'avais vu la bûche.

La bûche avec la fille dessus, debout.

Ses longues nattes noires contrastaient avec le blanc de son tee-shirt Hello Kitty. Son jean décoloré était troué aux genoux. En équilibre sur ses pieds nus, elle écrasait la mousse qui recouvrait la bûche, et ses bras soigneusement fléchis tenaient la flûte traversière devant sa bouche, au garde-à-vous face à un chef d'orchestre qu'elle seule voyait.

C'est son expression qui me frappa le plus : ses yeux étaient sombres et plissés, comme si elle était fâchée.

Pourquoi y a-t-il une fille qui joue de la flûte sur cette bûche ?

Et pourquoi a-t-elle l'air si fâchée ?

En tout cas, c'est ce moment d'absence qui me fit mordre l'accotement.

Sans crier gare, le monde passa en cycle essorage.

Je poussai un cri.

Le bleu du ciel et le vert des arbres se mêlèrent à un fracas de métal crissant.

Les airbags latéraux gonflèrent, m'évitant de finir écrabouillée. Mais tandis qu'ils amortissaient le choc sur ma gauche, l'airbag frontal, lui, ne se déploya pas. Ma tête percuta le volant, et tout devint noir.

Je revins à moi dans un sursaut, en hoquetant. Je ne savais pas combien de temps avait pu s'écouler. Le soleil était toujours haut dans le ciel. Je n'avais pas la bouche pâteuse, donc je n'étais sans doute pas restée très longtemps inconsciente. Quelques minutes, peut-être. Mais tout avait changé.

Je pendais la tête en bas, retenue par la ceinture de sécurité, mon débardeur blanc et mon cachemire gris remontés sur ma poitrine. Encouragé par ma position et par l'odeur pénétrante de l'essence, le contenu de mon estomac – un énorme sandwich au thon avec du pain au levain – commença à remonter dans ma gorge. La voix de J.K. Rowling semblait défaite, quoique toujours très déterminée, comme elle persistait à annoncer : « Recherche d'itinéraire en cours. Recherche d'itinéraire en cours. »

J'avais l'impression d'avoir pris un coup de marteau en pleine tête.

Je commençai à lever la main gauche, mais la douleur dans mon épaule m'arracha un cri et je compris qu'il valait mieux bouger plus lentement. Ou peut-être ne pas bouger du tout.

Je clignai des paupières plusieurs fois. La lumière me faisait mal aux yeux, aussi je finis par les garder fermés. « Recherche d'itinéraire en cours. »

– Ta gueule.

Je remuai les orteils et poursuivis à partir de là, testant mes chevilles, pliant et dépliant mes genoux. Pas de dégâts apparemment, à part mon épaule gauche et ma tête. Une fois que je serais sortie de cette voiture, tout irait bien. J'étais peut-être un peu amochée, mais je pourrais sans doute m'inspirer de cette expérience dans un prochain roman, un jour ou l'autre. Ou bien, si je montais ce drame en mayonnaise, je pourrais faire l'objet d'un reportage aux infos – sur la chaîne KGW à Portland, et peut-être même après dans le « Today Show » ? Combien de livres la compassion pourrait-elle faire vendre ?

Dès que je serais sortie de là, je mettrais mon attaché de presse sur le coup.

Et puis, j'entendis quelque chose, en plus de J. K., des hoquets du moteur et de mon cœur qui battait la chamade.

Un bruit qui ne venait pas de ma voiture.

Le son était trop régulier, trop soutenu. Strident. Vibrant.

La bande sonore idéale pour un documentaire sur les fées et les petits lutins des bois.

Est-ce que ce serait…

Malgré la douleur qui me vrillait le crâne, j'ouvris les yeux, et battis des paupières en grimaçant.

La fille à la flûte se tenait là, dans l'herbe, sur le bord de la route, les yeux posés sur moi tandis qu'elle jouait de son instrument.

– S'il te plaît, dis-je. Est-ce que tu peux m'aider à sortir de là ?

J'essayai de défaire ma ceinture de sécurité, mais je pesais dessus de tout mon poids. Et mon épaule blessée m'empêchait de m'arc-bouter pour me dégager.

– J'ai besoin d'un coup de main.

La fille continuait à jouer de sa flûte.

Non mais tu te fous de ma gueule ?

Et puis, sans s'arrêter de jouer, elle s'approcha de moi. Sur une trille, lèvres pincées, doigts virevoltants, elle tendit un pied à travers la vitre ouverte et poussa mon ventre découvert du bout de ses orteils sales. Pas super délicatement, je dois dire.

Mais elle est débile ou quoi ?

J'avais beau souffrir et avoir envie de l'envoyer promener, je me rendais bien compte que Mlle la Flûte était peut-être ma seule chance de ne pas finir dans cette voiture, ma seule chance d'obtenir de l'aide pour réussir à rentrer chez moi.

Aussi je ravalai l'animosité qui me gagnait face à sa débilité manifeste, ou à son absence totale de compassion, ou au quelconque trouble dont elle souffrait ; je souris à moitié et j'injectai une bonne dose de joie feinte dans ma voix.

– Ouais, je suis un peu coincée, là. Je roulais trop vite. C'est idiot, je sais. Mais je crois bien que je suis blessée, alors si tu pouvais…

Enfin, la Flûte s'arrêta de jouer.

– … m'aider à me…

Mon monologue poussif se tarit.

Elle baissa lentement sa flûte et s'accroupit à côté de la voiture. Ses yeux étaient quasiment à hauteur des miens, bien que je sois toujours tête en bas et que ma vision ait commencé à se troubler. Elle posa la flûte dans l'herbe à côté d'elle, avec une extrême délicatesse, comme si son instrument était fait de coquilles d'œuf.

La tendresse de ses gestes me fit éprouver un immense soulagement. Je soupirai.

Elle va m'aider.

La Flûte ne quittait pas son précieux instrument des yeux, comme si elle rechignait à l'abandonner, même pour quelques minutes. Elle poussa un soupir avant de reporter toute son attention sur moi.

– Voilà, je pense que si tu m'aides à détacher…

Ma voix mourut.

Parce que je remarquai soudain quelque chose, un détail minuscule ; et malgré mon mal de crâne épouvantable, la douleur dans mon épaule et la terreur à peine passée d'avoir fait un *putain de tonneau avec ma caisse*, ce petit détail parvint à me glacer l'échine.

Je m'étais trompée sur ses yeux.

Ils n'étaient pas ceux d'une personne furieuse, ou énervée, ou légèrement agacée.

Non, ses yeux étaient simplement emplis de méchanceté pure.

Alors elle m'adressa un sourire, dévoilant un écart entre ses deux dents de devant, un sourire qui aurait été tout à fait charmant, venant de n'importe qui d'autre. Venant de n'importe qui d'autre, c'est un sourire qui m'aurait rassurée, signifiant *Tout va bien se passer. Tu es en sécurité.*

Mais ce sourire était affreusement sinistre.

Elle ramassa un bâton, à peu près aussi épais qu'un serpent de bonne taille, et le brandit comme une batte de base-ball, l'empoignant fermement sans plus aucune des précautions qu'elle avait prises avec sa flûte. Et, avant que ma vision ne se brouille et que je ne perde connaissance, la dernière chose que je vis fut la Flûte qui me balançait un coup de cette massue sur la tête.

2

– Ô-LI-VIAAA ! Ô-LI-VIAAAAAAAA !

Maman ?

Ma mère était la seule à m'appeler encore par mon vrai prénom. Enfin, elle et notre dentiste de famille, qui me connaissait depuis mes deux ans. Mon lectorat – la Terre entière – me connaissait sous le nom de Livvy Flynn.

Enfin, en parlant de la Terre entière, j'entendais par là les trente-deux pays dans lesquels les droits de traduction de mes séries avaient été vendus. Lorsque les premières versions étrangères étaient parues, j'avais fait faire des affiches avec toutes les couvertures. Mais comme les cessions de droits se multipliaient, j'avais fini par laisser tomber. À la place, je m'étais fait construire une bibliothèque en cèdre rouge pour toutes les éditions étrangères.

Ma famille n'avait pas vraiment besoin de l'argent que mon talent et ma célébrité lui rapportaient. Nous étions déjà plutôt bien lotis. Je veux dire, mon père était chirurgien-dentiste, et ma mère avait été avocate, donc rien qu'avec leur argent ma chambre dans la meilleure résidence étudiante du campus était assurée sans problème. Mais ils me soutenaient depuis le début. J'ai commencé à écrire pour de bon quand j'avais douze ans, et quand il a été clair que j'avais un don pour ça, mes parents m'ont encouragée à persévérer.

Quand j'avais eu quatorze ans, maman m'avait parlé d'un atelier d'écriture intensive à Los Angeles. Même si ça avait l'air plutôt chouette, je n'avais encore jamais rien écrit de long, et je n'étais pas sûre de vouloir y aller. Mais maman avait insisté. Bien entendu, c'est elle qui avait payé, l'atelier ainsi que nos chambres au Beverly Hilton, de sorte que je n'avais aucune idée du prix que cela avait pu coûter, jusqu'à ce que j'entende une femme raconter qu'elle s'était inscrite avec l'argent mis de côté pour les études de sa progéniture.

Tous les autres participants étaient des femmes d'un certain âge. En fait, j'étais quasiment la seule personne de moins de trente ans. Seul un homme se serait senti encore moins à sa place. Je voulais filer en douce, retrouver ma mère et la convaincre de m'emmener à Disneyland, ou à la plage, *n'importe où* plutôt que là pendant ces trois jours.

Mais ensuite, alors que nous nous étions rassemblées par petits groupes de travail et que nous avions commencé à échanger nos idées d'histoires, j'avais observé toutes ces femmes au foyer, toutes ces serveuses, et je les avais écoutées jacasser en s'extasiant sur le fait de s'être trouvées les unes les autres, et d'avoir toutes le même rêve. Il m'avait fallu environ une demi-journée pour m'apercevoir que je ne voulais pas être comme elles : la moitié de leur vie déjà écoulée, à attendre et espérer un improbable conte de fées.

À cet instant, j'ai compris à quel point je désirais vraiment être écrivain. Mais je ne voulais pas qu'il ne s'agisse que d'un fantasme sur lequel m'exciter comme le faisaient toutes ces femmes. Je voulais que ce soit réel. J'allais *tout* faire pour que ce soit réel.

Alors, j'avais décidé à ce moment-là que je n'attendrais pas d'être vieille. J'écrirais un best-seller avant la fin du lycée.

Et c'est ce que j'ai fait.

Dans l'avion du retour, juste après l'atelier d'écriture, j'ai commencé *La Conjuration des sorcières*, le premier livre d'une série racontant l'histoire de sœurs jumelles adolescentes, nées dans une vieille famille de Portland. Elles vivent avec leur grand-père, leur mère étant morte en couches. Un jour, elles découvrent un livre dans le grenier, et dedans leur mère, prise au piège des pages. Il n'y a qu'une seule manière de la délivrer, c'est de retrouver toute la série de livres – chacun d'eux étant gardé par une sorcière – et de les rassembler. Ma trilogie raconte le voyage qu'elles entreprennent pour retrouver les livres ; bien entendu, elles rencontrent l'amour et affrontent en chemin toutes sortes de dangers tandis qu'elles remuent ciel et terre pour libérer leur génitrice.

– Ô-LI-VIAAA !

Ce n'est pas ma mère, du tout.

La voix était aiguë, une voix d'enfant. De fille.

L'image de la Flûte apparut dans ma tête, et je me forçai à ouvrir les yeux, mais tout était flou, ne me laissant percevoir qu'une blancheur indistincte.

Un plafond ?

Je n'étais plus suspendue la tête en bas dans la carcasse de mon Audi, mais allongée sur quelque chose de moelleux.

Un lit ? Est-ce que les secours étaient venus ? Étais-je à l'hôpital ?

Je fermai les yeux.

Dieu merci.

Ma tête me faisait un mal de chien. *De l'Advil, s'il vous plaît.*

Les ambulanciers, ou les personnes qui m'avaient secourue, auraient trouvé mon sac à main. Sur mon permis de conduire, il y avait mon nom de naissance, Olivia Louise Flynn. Il était logique que les infirmières m'appellent Olivia. Mon infirmière était jeune, c'est tout.

Je rouvris les yeux et tâchai d'accommoder le regard. Les trois côtés de la pièce visibles depuis mon poste d'observation étaient recouverts d'étagères sur toute la moitié supérieure. Un bureau avait été poussé contre un des murs, tandis que de l'autre côté se trouvaient deux chaises pliantes et une table, sur laquelle étaient empilées plusieurs boîtes de rangement en plastique transparent dotées de couvercles bleus.

Qu'est-ce que c'était que cet hôpital ?

Ça ressemblait davantage à la chambre d'un passionné de scrapbooking.

– Y a quelqu'un ?

Parler me faisait mal à la tête. Avec un peu de chance, je n'aurais plus à rouvrir la bouche. Je refermai les yeux.

– Olivia ?

Cette voix-là était différente de l'autre, plus profonde et plus mature.

Mes yeux s'ouvrirent sur le visage d'une femme qui me scrutait. Ses boucles blondes lui arrivaient aux épaules, et elle était plutôt jolie, avec une fossette au menton, mais beaucoup de rides autour des yeux. Elle avait probablement été pom-pom girl au lycée avant de commencer ses études d'infirmière. Avant de vieillir. Avant d'avoir ces pattes-d'oie.

– Tu es réveillée.

Sa voix était neutre, dépourvue d'émotion.

Un professionnel de santé n'aurait-il pas dû être un tantinet heureux que la victime d'un accident de voiture soit consciente, capable de parler, et pas décédée ?

– J'ai mal à la tête.

Elle se redressa et posa les mains sur ses hanches.

– J'imagine.

Elle était vêtue d'un jean et d'un tee-shirt bleu-vert délavé, portant un dessin d'arbalète et l'inscription MRS. DARYL DIXON. J'apercevais son soutien-gorge noir à travers un petit accroc sur le côté droit.

Un tee-shirt *The Walking Dead*. Drôle de tenue pour une infirmière.

Mon cœur se mit à battre plus fort.

Ce n'est pas une infirmière.

Je ne suis pas dans un hôpital.

– S'il vous plaît, je dois aller à l'hôpital.

S'il vous plaît.

Mme Daryl Dixon se gratta la tête.

– Oh, j'ai appelé les secours.

Elle souleva la paume de sa main gauche, dans un geste d'excuse.

– Il leur faut un peu de temps, parfois, pour arriver ici.

Elle posa une main sur mon épaule gauche, mon épaule *blessée*, et appuya.

La douleur fulgurante me fit hurler. Incapable de m'en empêcher, j'éclatai en sanglots.

Elle lâcha prise immédiatement.

– Oh. Tu es *vraiment* blessée. Je me demandais.

Honnêtement, Mme Dixon avait l'air de se foutre éperdument que je sois blessée ou non.

Mais je suis où, bordel ? C'est qui, cette sorcière ?

– S'il vous plaît, répétai-je à travers mes larmes. Appelez ma mère. Mon téléphone est dans mon sac…

Mais ça, elle le savait déjà, n'est-ce pas ? Si elle connaissait mon nom, c'est qu'elle avait déjà fouillé mon sac, déjà cherché mon permis de conduire dans mon portefeuille. Mon cœur battit encore un peu plus vite.

– Ne t'en fais pas, répondit-elle. Comme je t'ai dit, l'ambulance devrait arriver dans peu de temps.

Mes yeux se fermèrent, comme pour la congédier – *ferme-la, pour l'amour du ciel !* – mais elle continua de parler.

– Je suppose que tu n'as pas l'habitude d'attendre quoi que ce soit, n'est-ce pas, Olivia ? Tu dois sans doute obtenir tout ce que tu désires, à la seconde où tu le désires. (Elle soupira.) Tu ne te rends pas compte, hein ?

Que voulait-elle dire par là ? Supposait-elle que j'étais friquée, à cause de ma voiture hors de prix ?

Ou bien savait-elle qui j'étais ?

Peu probable.

La Flûte était trop jeune pour lire mes livres, sans doute trop débile aussi, et Mme Dixon ne m'avait pas vraiment donné l'impression d'être une grande lectrice.

Est-ce que je devrais lui dire qui je suis ?

Est-ce que ça leur ferait quelque chose de savoir que j'étais une auteure mondialement connue ?

Quelque chose me dit que non.

Je fis semblant de m'être endormie, ou évanouie, n'importe quel degré d'inconscience plausible pour quelqu'un qui venait de faire un tonneau en voiture et souffrait sûrement d'une commotion cérébrale.

Non, je n'avais pas l'habitude d'attendre, effectivement, et oui, en général j'obtenais ce que je voulais.

Et là tout de suite, Mme Daryl Dixon de mes deux, je veux que tu la fermes, et je veux que l'ambulance arrive, et je veux qu'on me donne des calmants, et je veux qu'on m'arrange cette épaule, et je veux ma maman, et JE VEUX RENTRER CHEZ MOI...

La porte grinça.

Je me figeai en retenant ma respiration. Est-ce qu'elle partait ?

– Maman...

La voix. Celle que j'avais entendue dire mon nom en premier.

La Flûte ? Mme Dixon était-elle sa mère ?

Mon cœur se serra tandis que j'essayais de rester immobile.

– Elle est morte ?

La Flûte semblait un peu trop enthousiaste à cette idée. Elle avait peut-être eu l'intention de me régler mon compte quand elle m'avait attaquée avec son bâton.

Est-ce que cette femme – sa mère, apparemment – était au courant ?

Quelque chose me toucha la joue.

J'ouvris péniblement les yeux.

La Flûte se tenait à côté de sa mère, et toutes deux me dévisageaient.

Rassemblant le peu d'agressivité qui me restait, je grondai :

– Je ne suis pas morte.

La Flûte approcha de nouveau la main pour me toucher. Elle avait les ongles sales. Je levai ma main valide et chassai la sienne d'une tape. Ce geste déclencha un nouvel accès de douleur dans mon épaule meurtrie, mais je parvins tout de même à grogner :

– Ne me touche pas, avec tes mains dégoûtantes.

Toutes deux reculèrent d'un pas. La Flûte croisa les bras tandis que sa mère se contenta de froncer les sourcils en me regardant.

– Bon, dit Mme Dixon. Tu as peut-être besoin de réfléchir un peu pour trouver comment t'excuser auprès de ma fille.

– M'excuser ? (Je crachai presque le mot.) Vous êtes sérieuse ? Après ce qu'elle m'a fait ? Elle m'a donné un coup de bâton sur la tête !

Mme Dixon se tourna vers la Flûte, qui haussa une épaule sans conviction, puis son regard revint vers moi. Ses yeux se plissèrent.

– Ma fille m'a prévenue qu'il y avait eu un accident. Ensuite, nous t'avons toutes les deux sortie de ton tas de ferraille pour t'amener ici. Est-ce que tu te rends compte qu'on en a bavé ?

– Vous n'aviez pas à faire tout ça !

Mes larmes me brûlaient le visage, et mes hurlements me causaient des élancements dans l'épaule, mais je ne parvenais pas à m'arrêter.

– La seule chose à faire, c'était d'appeler les secours !

Et il m'apparut soudain que, pour une raison ou une autre, elle ne les avait pas appelés. Du tout.

– Donnez-moi mon téléphone ! Laissez-moi le faire moi-même !

Brailler ainsi me faisait atrocement mal à la tête, et je dus fermer les yeux pour refouler mes larmes. Le sang me cognait violemment les tempes, ce qui n'arrangeait rien.

Respire.

– Tu es ingrate comme ça envers tout le monde ? me tança-t-elle d'une voix monocorde. Ou seulement avec les gens qui te sortent d'une voiture accidentée et te ramènent chez eux ?

Respire. Je serrai les paupières de toutes mes forces pour lutter contre la frustration, la colère et la douleur qui enflaient. *Reste rationnelle. Cette femme est folle, et tu dois garder ton calme.*

Je rouvris les yeux et tentai de lui lécher les bottes avec un sourire.

– Merci mille fois pour votre aide. Mais je crois vraiment que je devrais vous laisser retourner à ce que vous étiez en train de faire avant que je débarque. Vous avez été… si aimable.

Je manquai m'étrangler en disant cela, mais je poursuivis en espérant que ce ne serait pas vain.

– Je parie que vous seriez ravie de me voir reprendre ma route. Alors peut-être que vous pourriez réessayer le 911 encore une fois ?

Puis je conclus par la touche finale, qui scellerait mon sort à coup sûr.

– Je serais enchantée de vous dédommager, pour toute la peine que vous vous êtes donnée.

Effectivement, mon sort s'en trouva scellé, c'est-à-dire que le visage de Mme Dixon s'assombrit soudainement, comme un orage survient parfois lors d'une journée plutôt clémente. Elle attrapa la Flûte par le bras et fit volte-face pour quitter la pièce.

Le désespoir me submergea et je m'écriai :

– Attendez ! Vous allez où ?

La Flûte sortit, et la femme se retourna pour me fusiller du regard.

– Tu crois pouvoir tout acheter, hein ? Eh bien moi, on ne m'achète pas.

Et elle sortit en claquant la porte.

– Personne ne va venir te chercher !

J'entendis un *clic !* très net.

Elle m'a enfermée, là ? Nom de Dieu, elle m'a enfermée.

Je beuglai :

– Vous n'avez pas le droit de faire ça !

Je roulai sur le côté de mon corps qui me faisait le moins mal, repliai les jambes et les laissai tomber au bord du lit. Je me servis de mon élan pour m'asseoir.

– Aïe !

L'élancement immédiat dans mon épaule fit voltiger un tourbillon de neige blanche devant mes yeux. Je vacillai.

Je laissai pendre ma tête en avant et pris une grande inspiration. Tandis que ma vision redevenait nette, je me surpris à contempler mes pieds, posés sur la moquette synthétique vert gazon qui couvrait le sol. Mes pieds nus.

Où étaient mes chaussures ?

Mon regard se posa sur mon poignet droit. Mon bracelet d'alerte médicale et ma Rolex en or et en argent étaient toujours là. Mes vêtements aussi : mon legging noir, mon débardeur, mon pull.

En revanche, mes chaussures, mes ballerines noires en cuir d'Italie à trois cents dollars, elles, avaient disparu.

Raison de plus pour chercher à comprendre ce délire.

Je comptai jusqu'à trois et me levai.

La neige blanche réapparut, mais sous forme de blizzard tenace cette fois. Je m'évanouis aussitôt, avant même d'avoir pu me rasseoir sur le lit.

3

J'étais en train de rêver de McGrath's Fish House, un restaurant de Bend où nous nous rendions presque tous les dimanches, après l'église. En entrée, mon père commandait systématiquement la *bruschetta* garnie de tapenade, de tomate et de crevettes, assaisonnée d'une réduction de vinaigre balsamique. Il empestait l'ail pendant des jours, après ça. La puanteur suintait par tous les pores de sa peau. Un jour, alors que son haleine était particulièrement chargée, mon père avait tenté d'embrasser ma mère, mais elle l'avait repoussé malicieusement.

J'avais commandé la même chose que lui, une fois. Mais j'avais gardé ce goût d'ail sur la langue toute la journée, au point de garder la main devant ma bouche au cas où on se serait suffisamment approché de moi pour sentir mon haleine. Je n'avais pas à m'inquiéter d'une quelconque tentative de bisou surprise. Enfin, pas à ce moment-là en tout cas. Je savais exactement qui voulait m'embrasser, et qui je voulais embrasser.

Mon petit ami, Rory, vivait dans l'Illinois, à un demi-continent de là. Nous n'avions pas eu l'occasion de nous voir beaucoup – en fait, on ne s'était jamais rencontrés en personne – mais il m'avait promis de me retrouver en novembre, quand la tournée promotionnelle de mon livre ferait étape à Chicago.

Avant Rory, je n'avais pas eu beaucoup d'amis de mon âge. D'accord, pas d'amis du tout. Je m'étais mise à l'écriture de ma trilogie l'été avant d'entrer au lycée. J'étais tellement absorbée par ce travail que mes parents et moi avions conclu qu'il serait beaucoup plus logique de suivre des cours par correspondance, au lieu d'aller au lycée comme tout le monde. Je m'étais donc inscrite dans une école privée en ligne, et maman avait démissionné de son cabinet juridique pour rester à la maison avec moi. Je savais que c'était un gros sacrifice pour elle, parce qu'elle était l'unique associée représentante de « minorités ». Sa mère biologique était une jeune Vietnamienne ; son père biologique, un soldat américain avec du sang noir. Par chance, dans les derniers jours de la guerre du Vietnam, une bonne âme avait mis ma mère alors tout bébé dans un avion qui évacuait les orphelins vers les États-Unis, où elle avait été adoptée par une famille fantastique.

C'est ainsi que maman avait grandi à Portland, faisant son droit à la Lewis & Clark Law School puis travaillant d'arrache-pied pour devenir associée au sein d'un cabinet juridique de Bend qui ne comptait que des hommes blancs.

Je m'étais sentie coupable au début, mais à l'évidence le fait de ne pas avoir à travailler en permanence semblait l'avoir rendue plus sereine. Et ça valait le coup, car peu de temps après j'obtenais mon contrat avec la maison d'édition, et le rythme était pris : j'étudiais durant deux heures le matin, puis le reste de la journée était consacré à l'écriture.

Après ma première tournée promotionnelle à l'âge de seize ans, Rory m'avait envoyé un message via ma page Facebook. Il était venu à l'une de mes rencontres, mais il était trop gêné pour venir me parler, si bien qu'il avait envoyé sa mère faire dédicacer son exemplaire à sa place. Il avait une bonne tête sur sa photo ; des cheveux bruns coupés court, des yeux bleus et un sourire charmant avec des fossettes. J'avais répondu, en lui disant que je me souvenais avoir dédicacé un exemplaire à un certain Rory. C'était un mensonge ; je ne m'en souvenais pas du tout, mais je ne voulais pas être désagréable. En fait, même, je voulais le mettre à l'aise, lui dire quelque chose qui lui donnerait peut-être envie de me répondre. Ce qu'il avait fait.

Je n'avais jamais correspondu avec un garçon de mon âge, avant lui. Nous avons découvert que nous avions énormément de choses en commun ; il vouait le même culte que moi à Edgar Allan Poe. Je lui racontai que j'avais un poster géant de Poe dans ma chambre, et il me dit qu'il avait le même dans la sienne. Et nous étions tous deux mortellement allergiques aux piqûres d'abeilles. Il portait un bracelet d'alerte médicale, lui aussi.

Au bout d'un mois, nous avions commencé à nous téléphoner. En cachette bien sûr, car je doute que mes parents auraient approuvé de m'entendre passer autant de temps avec un garçon qu'ils n'avaient jamais rencontré. Et seulement le dimanche soir, parce qu'il suivait six cours supplémentaires pour préparer son entrée à l'université – il lui fallait obtenir au moins 16 de moyenne aux examens s'il voulait avoir la moindre chance de décrocher une bourse. C'est pourquoi, quand il ne dormait pas, il passait le plus clair de son temps à étudier.

Je voulais lui dire que j'aurais pu payer son inscription à l'université, comme ça il n'aurait pas eu à travailler si dur et il aurait eu davantage de temps pour discuter avec moi. Mais je ne savais pas trop comment il le prendrait. (Sans parler du fait que mes parents ne m'auraient jamais laissée faire.) Et puis, on commença à avoir des discussions en face à face sur Skype. Enfin, presque, parce que la webcam de son ordinateur était cassée et qu'il n'avait pas de quoi la faire réparer. Je ne pouvais donc pas le voir, mais lui me voyait.

Il fut la première personne à me dire que j'étais belle.

Je n'étais pas *belle*, je le savais. Mais ma couleur de peau était un joli mélange entre la carnation de maman et le teint d'endive de papa, et mes cheveux n'étaient pas mal, en fin de compte. J'avais un nez pas trop gros, des yeux d'un joli brun, et mes dents étaient blanches et bien droites. J'aurais aimé ressembler davantage à ma mère, mais mes lèvres étaient plutôt minces, comme celles de mon père, et je savais que même dans un bon jour je ne pouvais guère prétendre à mieux que « plutôt mignonne ».

Mais quand Rory m'avait dit que j'étais belle ? Mon cœur s'était emballé, j'avais rougi. Et le jour où on se rencontrerait, le jour où on aurait l'occasion de s'embrasser pour la première fois, je ferais bien attention à ne pas manger d'ail avant.

D'ail. Rêvais-je d'ail ?

J'ouvris les yeux.

La Flûte s'était agenouillée à côté de moi sur le sol, des taches orange plein le menton, me soufflant au visage son haleine puant l'ail.

J'amorçai un mouvement pour m'asseoir, mais une douleur foudroyante dans mon épaule me paralysa avant de me faire retomber au sol. Je restai allongée en m'efforçant de me concentrer sur ma respiration.

La Flûte recula et appela sa mère sans me quitter des yeux :

– Maman ! Ô-li-via est réveillée.

Je mourais d'envie de la gifler et de lui interdire de prononcer mon nom. Mais je ne pouvais qu'encaisser en silence, sans bouger, en attendant que la douleur diminue.

Des bruits de pas se rapprochèrent et Mme Daryl Dixon entra dans la pièce, portant une assiette de pâtes à la sauce tomate et une tranche de pain à l'ail. Elle sourit.

– Ah, très bien. Juste à temps pour le dîner.

Je grinçai des dents.

– C'est de soins médicaux dont j'ai besoin, pas de spaghettis.

Elle pencha légèrement la tête sur le côté.

– Tu dois avoir faim, tout de même.

Faites que ce soit un rêve. Je fermai les yeux. *Faites que ce soit juste un rêve débile.*

Nouveaux relents d'ail ; la Flûte continuait de m'envoyer son haleine en pleine figure.

– Va-t'en.

J'ouvris les yeux. La Flûte recula en se traînant sur le sol, comme l'un de ces étranges monstres désarticulés qu'on voit dans les films d'horreur, ses nattes se balançant de chaque côté de sa tête tandis que ses jambes et ses bras maigrichons l'entraînaient vers l'arrière. Franchement, ce n'était pas complètement absurde d'envisager que cette morveuse dégénérée soit une créature de l'enfer envoyée sur Terre pour tous nous tuer.

Mme Dixon posa l'assiette et se pencha au-dessus de moi. Ses cheveux retombaient autour de son visage tandis qu'elle secouait la tête.

– Tu ne devrais pas essayer de te relever toute seule. (Elle regarda sa fille.) Aide-moi à la remettre au lit.

Mme Dixon prit mon bras valide tandis que la Flûte s'approchait de l'autre.

– Non ! m'écriai-je en tendant le bras droit pour la repousser de ma paume. Arrête ! Pas de ce côté, s'il te plaît !

La Flûte n'écouta pas. Au lieu de quoi, elle saisit mon bras de ses deux mains crasseuses et le tordit.

Ce fut comme si on m'avait planté un couteau de boucher dans l'épaule. Je glapis et tentai de frapper la Flûte de mon autre bras, mais sa mère avait déjà assuré sa prise. Je donnai des coups de pied dans le vide, ce qui ne fit qu'empirer la douleur. Elles me hissèrent par les bras tandis que je hurlais.

La Flûte grimpa sur le lit à reculons, me tirant violemment sur l'épaule.

– Arrête ça ! Tu me fais mal !

Je fondis en larmes.

– Arrête, s'il te plaît ! Arrête !

Elle finit par me lâcher, et je me retrouvai sur le ventre après que Mme Dixon m'eut poussée sans ménagement, mon bras douloureux coincé sous moi. Incapable de bouger, je beuglais de douleur. Mes larmes mélangées de morve détrempaient le lit.

Rassemblant mes dernières forces, je me soulevai à l'aide de mon bras valide pour me dégager, et parvins finalement à me retrouver allongée sur le dos. Puis je manœuvrai encore pour que mon épaule blessée ne touche plus le matelas, la soulevant du mieux que je pouvais.

– Il faut que vous m'emmeniez à l'hôpital ! hoquetai-je d'une voix entrecoupée de sanglots.

Je me demandai si elles m'avaient entendue. *Elles sont parties ?*

Je tournai la tête sur le côté. Elles étaient toujours là, et me regardaient.

La Flûte plissa le nez.

– Elle est toute barbouillée.

Mme Dixon se dirigea vers le bureau et en rapporta une boîte de mouchoirs, qu'elle poussa vers moi.

– Tiens. Essuie-toi un peu.

Puis elle prit la main de la Flûte et l'entraîna vers la porte. La gamine sortit, mais sa mère se retourna vers moi.

– Tu auras peut-être plus d'appétit au petit déjeuner.

Puis elle ramassa l'assiette de spaghettis et referma la porte derrière elle.

Clic !

Je restai étendue là, à sangloter, jusqu'à n'émettre plus que des soupirs hachés de temps à autre. La vache… j'étais en plein dans un roman de Stephen King. Mais dans *Misery* au moins, Annie Wilkes donnait des antalgiques au type.

Je pris un mouchoir en papier et me mouchai d'une main, du mieux que je pus. Il était hors de question de rester ici et d'attendre que Mme Dixon commence à me trancher les extrémités.

Ça suffit, les pleurnicheries.

Je m'essuyai le visage.

Ce n'est pas en pleurant que tu vas réussir à sortir d'ici.

J'ignorais ce que Mme Dixon et la Flûte pouvaient bien manigancer. Est-ce qu'elles étaient folles ? Ou jouaient-elles la comédie pour me faire *croire* qu'elles étaient folles ?

Car elles n'avaient appelé personne : ni mes parents, ni la police, ni les pompiers. N'y avait-il pas une espèce de loi du Bon Samaritain[1] qui s'appliquait dans l'Oregon ? Je ne connaissais pas les détails, mais elles l'avaient certainement enfreinte ; le fait qu'elles n'aient téléphoné à personne prouvait bien qu'elles me voulaient du mal.

Donc, c'étaient elles contre moi.

– Alors ne pleure plus.

Je déglutis, essuyai mon nez et reniflai.

– Terminé, me dis-je. Il faut être forte, si tu dois te battre.

Je me mordais les doigts de ne pas avoir accepté la nourriture, parce que j'avais très faim. Et soif.

– Tu es futée. Sers-toi de ta tête.

J'avais écrit mon premier roman plutôt rapidement, en suivant l'histoire là où elle me menait. Mais ensuite, je m'étais mise à faire des recherches pour les deux suivants. J'avais minutieusement élaboré la structure et les personnages. J'avais passé des mois sur cette phase préparatoire pour le deuxième tome, avant de pondre en quelques semaines le récit proprement dit. Je ne rechignais pas à la tâche, même si elle était ardue, et c'était peut-être cette force d'âme qui me sauverait la vie.

Il fallait que j'échafaude un plan. Un stratagème. Bien sûr, pour le moment elles avaient le dessus

1. Aux États-Unis, ensemble de règles destinées à protéger tout citoyen portant assistance contre toute poursuite judiciaire. (*N.d.E.*)

physiquement, mais je ne doutais pas un instant de ma supériorité intellectuelle. Il fallait que je me serve de ma tête pour m'en sortir.

Mme Dixon avait parlé de dîner. Je n'avais aucune idée de l'heure, mais il faisait sombre dehors. Un soir d'été, cela signifiait qu'il était facilement huit ou neuf heures, voire un peu plus.

Les fenêtres étaient petites, et assez hautes.

Pourrais-je m'évader ?

En m'appliquant à respirer malgré la douleur, je m'assis lentement et glissai sur le bord du lit. Puis, centimètre par centimètre, j'agrippai la tête de lit pour m'aider à me mettre debout. Comme je vacillais trop, je dus me rasseoir et attendre que ma tête cesse de tourner pour refaire une tentative.

Je me levai et inspirai profondément, plusieurs fois de suite. J'étais toujours étourdie, mais moins tout de même. D'une démarche traînante, je m'approchai de la première fenêtre. Elle se trouvait à une trentaine de centimètres au-dessus de ma tête, mais je pouvais apercevoir l'extérieur. La lueur d'une grosse lampe de jardin me permettait de distinguer un buisson de fleurs blanches, ainsi que la façade de bois rouge d'un bâtiment que je n'identifiai pas.

Étant donné la taille et la hauteur de la fenêtre, il y avait fort à parier que je me trouvais au sous-sol. Ce ne serait pas de la tarte de me faufiler à travers une ouverture aussi étroite – et encore me restait-il à trouver comment l'atteindre.

Oh, et puis il y avait autre chose :

Je vais morfler en sortant par là.

Sans parler de la suite : tâcher de retrouver la route, et puis marcher, longtemps peut-être, pieds nus.

Sans compter qu'elles me poursuivraient sûrement.

Il faudrait que je sois prête à me battre.

Grimper pour m'échapper par ce soupirail, m'enfuir, en venir aux mains éventuellement... Tout cela nécessiterait de la force, et je n'en avais pas pour le moment.

Et puis, je n'étais pas stupide. J'avais vu cette scène à maintes reprises dans les films : la prisonnière tente de s'évader immédiatement, avant d'avoir bien réfléchi à la situation. Elle s'aperçoit que son ravisseur lui a laissé une issue, une ouverture quelque part, et elle l'emprunte. Mais elle l'emprunte *toujours* beaucoup trop tôt, et elle se fait *toujours* rattraper. C'est inévitable, j'imagine – sans quoi le film ne durerait qu'une demi-heure, maximum.

Mais c'était une erreur que je ne ferais pas. Je savais que je n'aurais peut-être qu'une seule chance, alors j'allais m'assurer que mon plan était infaillible.

J'allais prendre mon temps.

Comme j'étais enfin debout, je pus examiner les lieux plus à mon aise. Il y avait une autre porte. Avec une extrême lenteur, en maintenant immobile mon bras douloureux à l'aide de l'autre, je boitillai jusqu'à la porte et tournai la poignée.

C'était une petite salle d'eau.

Je ne m'étais pas aperçue de mon envie pressante avant de remarquer les toilettes. Il me fallut un moment pour la soulager, à cause de mon bras hors service. Une fois assise, je parcourus la pièce du regard. Hormis un savon liquide pour les mains Bath & Body Works senteur coco-citron vert, il n'y avait pas grand-chose. Quand j'eus terminé, je bus au robinet, longuement.

Puis je m'examinai dans le miroir. Des mèches de mes cheveux bruns s'étaient échappées des jolies tresses africaines que ma mère m'avait faites sur la tête. Mon visage était bouffi avec des bleus par endroits, probablement dus à l'accident, lorsque j'avais heurté le volant. Ce qui me rappela que lorsque tout cela serait terminé, il faudrait que j'écrive une lettre bien sentie au P-DG d'Audi au sujet de leurs airbags de merde.

Ou alors, c'était la Flûte qui m'avait fait ce bleu en me frappant.

S'il m'avait vue à cet instant, Rory n'aurait pas pu me trouver belle.

Je soupirai en fermant les yeux. J'avais besoin de me reposer. De manger. J'avais besoin de reprendre des forces avant de pouvoir tenter une évasion.

J'ouvris les yeux et dis à mon reflet :

– Je vais m'en sortir. Je vais m'en sortir.

Ma main valide en appui sur le lavabo, je poursuivis :

– Il me faut un plan. Un plan en béton. Il me faut… voyons voir. Une liste. Je dois faire une liste.

Mon estomac gargouilla.

J'avais été bien bête de refuser les spaghettis. J'ajoutai cela à l'inventaire de mes regrets, le premier étant bien sûr d'être sortie de chez moi aujourd'hui.

Je commençai à avoir des vertiges, aussi je retournai m'allonger avec précaution sur le lit. Réconfortée par le moelleux du matelas et par la douceur du couvre-lit, je poussai un soupir. Il fallait que je me détende.

– Tu vois toujours tout en noir. Trouve quelque chose de positif.

Je posai la joue sur l'oreiller et reniflai.

Voilà une chose que j'appréciais. Mes ravisseuses auraient pu être moins portées sur l'hygiène et m'abandonner à même un sol crasseux, avec un seau pour faire mes besoins, et des cafards ou des punaises qui auraient couru sur moi pendant mon sommeil. Au lieu de quoi, je profitais d'un bon lit avec des couvertures et un oreiller très correct qui dégageait un parfum de prairie ensoleillée.

Quelle veinarde.

– Demain. Demain, je fais une liste et un plan pour m'enfuir.

Je fermai les yeux.

Pour le moment, repose-toi…

4

Je fus réveillée par le soleil qui pénétrait à travers la fenêtre. Mes premiers mouvements me coupèrent le souffle ; en plus de la sensation d'avoir un couteau planté dans l'épaule, le reste de mon corps était si raide et endolori que le seul fait de cligner des yeux m'était pénible.

Mon épuisement aurait dû suffire à m'assommer pour la nuit, mais j'avais dormi d'un sommeil agité. La douleur dans mon épaule me suffoquait et, pour la surmonter, je devais rester étendue sans bouger un cil en prenant de longues inspirations, les plus lentes possibles.

Il était hors de question d'appeler la Flûte et sa sorcière de mère. Elles savaient qu'il suffisait d'une pression sur mon épaule pour me mettre à genoux. Ce qui, apparemment, était exactement ce qu'elles voulaient.

Mais pourquoi ?

J'avais tenté de ne pas ruminer ces questions, d'interrompre le flux incessant des pourquoi : *Pourquoi n'ont-elles pas appelé les secours ? Pourquoi est-ce que la Flûte m'a frappée avec une branche ? Pourquoi m'ont-elles emmenée dans leur maison ? Et pourquoi elles me gardent enfermée ici, bordel ?*

Je soupirai, si lourdement que je dus ensuite serrer les dents en retenant ma respiration pour que la douleur passe. De ma main droite, je passai doucement les doigts sur mon épaule, jusqu'à sentir ce que je cherchais. Une bosse.

J'avais l'épaule démise. Je l'aurais parié. Je m'étais renseignée sur les luxations pour mon livre, et je me rappelais la description de la douleur lors des mouvements, associée à la présence d'une bosse caractéristique. Le problème, c'est que je n'avais aucun moyen de réduire moi-même cette luxation. Et je savais qu'elles ne m'aideraient pas. Le mieux, c'était de réussir à stabiliser plus ou moins la situation. Il aurait fallu que je mette de la glace et que je prenne du Tylenol, de l'Advil ou carrément du Vicodin. Mais ces options étaient exclues jusqu'à nouvel ordre.

La douleur était plus tolérable lorsque j'étais allongée sur le côté droit, l'épaule surélevée.

Mes lèvres et ma gorge étaient complètement desséchées, mais j'avais besoin de me préparer psychologiquement avant d'effectuer le périple jusqu'à la salle d'eau.

En attendant, je pouvais réfléchir à ma liste.

Avant tout : la voie d'évacuation. C'est par là qu'il fallait commencer, non ?

Non, peut-être pas. Quelque chose risquait de m'empêcher d'accéder à cette voie d'évacuation. Ou de se mettre en travers de mon chemin pendant que je l'emprunterais. J'allais devoir tirer quelque chose sous la fenêtre pour grimper dessus, et je pouvais être interrompue pendant cette opération.

Donc… Il me fallait une arme.

Je parcourus la pièce du regard. Il y avait des étagères… des livres… des papiers sur le bureau…

Des merdouilles pour loisirs créatifs. Rien que du matériel de scrapbooking.

Dix contre un qu'elles avaient déjà retiré tous les objets pointus.

Alors… un stylo gel à paillettes arc-en-ciel, peut-être ? Planté dans l'œil ?

Mais cela posait une nouvelle question.

Jusqu'où étais-je prête à aller ?

Assommer ?

Paralyser ?

Mutiler pour de bon ?

Tuer, s'il le fallait ?

Au bout du compte, si je me trouvais nez à nez avec la Flûte et sa mère au moment de m'échapper, serais-je en mesure d'utiliser mon arme contre elles ?

J'ignorais ce dont j'étais capable. Pour le moment, je n'avais même pas assez de force pour tuer une mouche.

Je soupirai.

Pour l'arme, on verra plus tard.

Dans les films, la prisonnière commet toujours l'erreur de s'enfuir avant de s'être suffisamment renseignée. J'avais besoin d'en savoir plus. Il me fallait connaître leurs habitudes ; à quelle heure elles se levaient, à quelle heure elles se couchaient. Ce qu'elles faisaient pendant la journée.

Avaient-elles des activités particulièrement bruyantes ? Passer l'aspirateur ? Faire tourner le lave-vaisselle pendant qu'elles regardaient un film, ce qui les aurait obligées à monter le son de la télé ?

Dommage que la Flûte n'ait pas été plutôt la Trompette. *Ça*, ça m'aurait permis de faire du bruit sans être entendue.

Une diversion.

Si je choisissais un moment où elles étaient occupées à je ne sais quoi – prendre un bain ? une douche ?

faire des courses ? se rendre à l'église ? (ouais, ça, je n'y comptais pas tellement) – alors je gagnerais du temps. Évidemment, être enfermée dans cette chambre à la noix constituait un handicap certain.

Une chose était sûre : il fallait qu'elles me croient le plus mal en point possible. Enfin, *j'étais* très mal en point, donc je n'avais pas besoin de jouer la comédie. Mais si elles pensaient que j'étais vraiment très diminuée, à peine capable de me déplacer, elles relâcheraient peut-être leur attention.

Même si j'étais déjà dans un état pitoyable, il fallait qu'elles pensent que c'était pire. Non, il fallait qu'elles en soient *convaincues*.

Alors, quand elles quitteraient la pièce, je pourrais me glisser jusqu'à la porte et tendre l'oreille pour guetter des informations qui m'aideraient à m'échapper. Mais j'avais besoin d'éliminer – au minimum, de juguler – mes faiblesses. Je jetai un œil à mon épaule – clairement, pas mon meilleur atout.

Je m'assis et me contorsionnai précautionneusement pour retirer mon pull. Puis je passai une manche pardessus mon épaule et tirai par en dessous. Je repliai mon bras gauche sur mon ventre. En m'aidant de mes dents, je me servis de ma main valide pour nouer les manches ensemble, le plus serré possible, de manière à immobiliser mon bras et mon épaule.

Clic !

Je me rallongeai vite et fermai les yeux, relaxant ma mâchoire et m'appliquant à calmer ma respiration.

La porte s'ouvrit, et quelqu'un s'avança à pas de loup. Je percevais un léger cliquetis. Un collier ?

Non.

Des bracelets ?

Il ne me semblait pas avoir remarqué de bijoux sur elles. Mais j'avais passé une bonne partie de la journée dans le coaltar, la veille. Il ne fallait plus que ça m'arrive.

Vigilance. Il faudrait que je sois consciente de *tout*, que j'entende *tout*. Que j'assimile et que je retienne *tout*.

Je bougeai légèrement en respirant un peu plus fort. Puis j'entrouvris les paupières.

Mme Dixon se tenait à trois pas et me fixait du regard. Elle portait une blouse à fleurs rouges et noires, un pantalon de toile noire et des sabots rouges en cuir verni. Elle tenait à la main une clé au bout d'un cordon aux couleurs de l'université d'Oregon, orange et noir. *Tiens, une fan des Beavers ?*

C'était une petite clé. Qui allait avec un cadenas, peut-être ? C'est comme ça qu'elle me gardait enfermée ? Cette idée me dérangea un peu plus. Je n'y avais pas songé plus tôt, mais pourquoi diable avait-on posé un verrou à l'extérieur de cette pièce ? Pour empêcher quelqu'un d'entrer ? Ou de sortir ?

Je frémis, et elle vit que je ne dormais plus.

Elle pencha légèrement la tête sur le côté, comme si elle était en pleine réflexion.

– Tu es réveillée.

– Oui…

Avec un peu de chance, ce petit mot prononcé d'une voix mourante semblerait m'avoir coûté toute l'énergie que mon être à bout de forces pouvait encore rassembler.

– On dirait que tu es assez fringante pour te fabriquer une écharpe… Et pour sortir du lit, ajouta-t-elle en constatant que la porte de la salle d'eau était ouverte.

Merde. Livvy ! Pourquoi tu n'as pas fermé la porte ?

– Oui, hier soir, admis-je avant de déglutir péniblement, en prenant l'air le plus misérable possible. Je ne sais pas si je pourrais encore. Je me sens tellement… faible.

J'espérais que je n'en faisais pas trop. Mais enfin, j'étais sûre d'être plus intelligente qu'elle.

– Il faut que tu manges. Tu dois garder des forces, dit-elle d'une voix ferme.

Elle paraissait sûre d'elle, comme si elle me prescrivait un traitement. Est-ce qu'elle était infirmière, ou aide-soignante ? Vu sa tenue, c'était possible.

Elle esquissa un sourire.

– Je reviens.

Mme Dixon ferma la porte derrière elle.

Clic !

Oui, c'était un cadenas, sans aucun doute.

Je m'aperçus que je retenais mon souffle. Pourquoi voulait-elle que je garde mes forces ? Avait-elle besoin de moi ? Avait-elle…

Mais quelle conne.

Une rançon. Elle avait eu beau piquer une crise quand j'avais parlé d'argent, il ne pouvait pas y avoir d'autre raison. C'était aussi simple que ça : elles savaient qui j'étais, et elles m'avaient kidnappée.

C'était peut-être prémédité ; en tout cas, cette histoire de cadenas me portait à le croire. Elles avaient vu ma voiture, mes chaussures et elles avaient sûrement fouillé mon sac. Elles avaient trouvé ma carte d'identité ; soit elles avaient reconnu mon nom, soit elles l'avaient cherché sur Internet. Et elles avaient décidé de se faire du fric sur mon dos.

Je me creusai la cervelle pour rassembler ce que je savais sur les kidnappings, que ce soit dans la fiction ou dans la réalité. Les ravisseurs s'occupaient bien de leurs otages en général, non ? Ils avaient besoin de garder leur monnaie d'échange saine et sauve, n'est-ce pas ?

D'échange. Avait-elle déjà appelé mes parents, fixé le montant de la rançon ? Attendait-elle simplement qu'ils apportent l'argent ?

Il était peut-être plus simple de lui dire tout de suite qu'ils la paieraient sans discuter. Bon sang, j'étais riche ; moi, je pouvais lui faire un chèque, et sur-le-champ.

Elle revint avec une assiette, et je décidai finalement de ne rien dire. Je me contenterai d'attendre qu'elle me fournisse des infos, pour une fois.

La faim avait aiguisé mes sens, et je flairai l'odeur… *de l'ail* ?

Mme Dixon posa l'assiette de spaghettis avec le pain à l'ail de la veille sur la commode à côté du lit. Elle fit un signe de tête en direction de la salle d'eau.

– Tu n'auras qu'à te débrouiller là-dedans, si tu as soif.

Avant que j'aie pu répondre quoi que ce soit, elle sortit et cadenassa la porte derrière elle.

Je jetai un regard soupçonneux aux spaghettis.

Je m'assis tant bien que mal pour mieux voir. Peut-être que je me trompais. Peut-être que ce n'était pas les mêmes.

Je tendis lentement le bras pour passer la main au-dessus de l'assiette. C'était froid.

– Non mais sérieux ?

Manifestement, elle n'était pas informée des égards normalement dus à une personne kidnappée.

Je me rapprochai de la tête de lit afin d'attraper l'assiette. Je la posai en équilibre sur mes genoux, puis jaugeai son contenu.

Sur le pain à l'ail, le beurre avait figé. D'un doigt, je tâtai la tranche de pain. La croûte était dure comme du béton, mais la mie était encore relativement souple, imprégnée de beurre et d'ail mélangés. J'enfonçai mon doigt dedans pour en détacher un morceau, froid et gluant, et le fourrai dans ma bouche.

J'eus un haut-le-cœur, que je réprimai en serrant mon poing contre ma bouche.

Il faut que tu manges.

Je me forçai à mâcher, puis à avaler.

– Beurk.

Je secouai la tête. Mais je repris encore un morceau, puis un autre, jusqu'à ce qu'il ne reste plus que la croûte pierreuse. Les pâtes à la bolognaise étaient particulièrement peu ragoûtantes. Je n'aimais pas tellement la viande, et encore moins la viande hachée qui datait de la veille, mais l'assiette glacée me rassurait au moins sur ce point : les pâtes étaient restées au réfrigérateur, et les bactéries n'avaient pas pu se développer. Je n'allais pas en plus me faire bouffer de l'intérieur.

Sur les bords de l'assiette, les pâtes qui n'avaient pas été recouvertes de sauce étaient toutes sèches et ratatinées. Je plantai la fourchette au milieu, là où elles étaient encore bonnes. J'enfournai une grosse bouchée et mâchai. C'était un peu moins mauvais que le pain, finalement. J'avalai, et recommençai l'opération.

J'avais déjà mangé de la pizza froide, non ? En quoi était-ce différent ?

Je pris une autre bouchée. Tout en mâchant, j'essayais d'écarter les spaghettis desséchés. La fourchette m'échappa. J'eus un mouvement brusque pour la rattraper, mais mes jambes bougèrent aussi par réflexe. L'assiette glissa de mes genoux et se cassa en tombant sur la moquette synthétique vert gazon, qui manquait assurément de moelleux. Il y avait des spaghettis partout.

Clic !

Je me raidis.

Avait-elle passé tout ce temps juste derrière la porte, à m'écouter ?

La porte s'ouvrit brutalement, la clé et son cordon orange et noir serrés dans le poing de Mme Dixon. Son regard furieux se posa sur les dégâts à mes pieds. Cramoisie, elle me dévisagea en plissant les yeux.

– Sale. Petite. Ingrate.

– C'était un accident ! m'écriai-je.

Elle s'approcha de moi à grands pas, tout en me fusillant du regard.

– Quel manque de respect…

– J'étais en train de manger, je le jure ! plaidai-je en levant le bras.

Sa main s'abattit sur moi, et je tentai d'esquiver le coup. Je le reçus sur l'épaule droite ; elle n'avait pas frappé si fort, mais je poussai tout de même un cri perçant.

– Tu vas nettoyer ça ! cria Mme Dixon. Tu n'auras rien de plus tant que tu n'auras pas tout nettoyé !

Le cœur battant, le visage en feu, mes yeux s'emplirent de larmes tandis que je lui rendais son regard furieux.

– Qu'est-ce que vous me voulez ? croassai-je, avant de déglutir pour tenter d'affermir ma voix, qui semblait me lâcher. Dites-moi ce que vous voulez. De l'argent ? Je vous en donnerai. Mes parents vous en donneront !

L'air outré, elle recula d'un pas, la bouche arrondie en cul de poule, le front plissé.

– C'est ce que tu crois ? Que je fais ça pour l'argent ?

Je hochai la tête.

– Sinon, pourquoi me garder enfermée ici, pourquoi ne pas avoir appelé les secours ? J'ai eu un accident, bon Dieu. Je suis blessée.

Je m'aperçus tout à coup que je n'avais pas vraiment peur d'elle, même si j'aurais dû ; non, en réalité j'étais plutôt dans une colère noire. Je repris :

– Ça vous dit quelque chose, la loi du Bon Samaritain ? Parce que là, je crois bien que vous êtes en infraction jusqu'au cou !

Un sourire lui monta aux lèvres. Puis elle se mit à rire, si fort que des larmes lui vinrent et qu'elle dut se pencher en avant, les mains appuyées sur les genoux.

Mais enfin, qu'est-ce qui la faisait marrer ? Je reniflai et m'essuyai le nez.

Toujours en gloussant, Mme Dixon finit par se redresser.

– Seigneur. Je te l'ai dit hier soir, je ne veux pas de ton argent.

– Quoi, alors ? Je ne sais pas ce que vous me voulez.

Elle croisa les bras et retrouva son sérieux.

– Je veux que tu admettes ce que tu as fait. Je veux que tu admettes que tu as… (Elle avala une bouffée d'air.) Non. Non, c'est *toi* qui dois comprendre. C'est *toi* qui dois te rappeler. Ça ne rime à rien, sinon.

De quoi parlait-elle ? De quelque chose que j'avais fait après mon accident ? Avant ? M'avait-elle vue conduire trop vite ? Avait-elle eu peur que je ne renverse la Flûte ?

Elle devrait peut-être dire à sa petite dégénérée de ne pas jouer sur la route, aussi.

– Que je me rappelle quoi ? demandai-je d'une voix plus calme, faisant mon possible pour avoir l'air raisonnable. Je ne vois pas du tout de quoi vous parlez.

Elle tourna les talons et se dirigea vers la porte.

– Attendez !

Je ne voulais pas qu'elle parte. Je ne voulais pas être encore enfermée. Je voulais faire ce qu'elle me demandait, vraiment. Parce que je voulais rentrer chez moi.

– S'il vous plaît. Je ferai tout ce que vous voulez, je le jure. *Dites* ce que vous voulez que je dise.

Mme Dixon fit volte-face.

– Je t'ai dit que ça ne rimerait à rien ! Tu ne comprends pas ?

– Alors expliquez-moi. Expliquez-moi ce que je dois faire pour rentrer chez moi.

J'étais au bord des larmes, de nouveau.

La main sur la poignée de la porte, elle me sourit. Puis elle m'indiqua du doigt les morceaux d'assiette et les spaghettis qui gisaient au sol.

– Tu peux commencer par nettoyer ça.

Puis elle sortit, et le cadenas cliqueta.

5

Cet échange avec Mme Dixon m'avait éprouvée ; je n'avais plus de souffle, mon cœur battait à tout rompre, j'avais des sanglots coincés dans la gorge. Je m'essuyai le visage d'un revers de la main. Il fallait que je me calme. Ce serait douloureux de me redresser après, mais tant pis, j'avais besoin de m'étendre, aussi confortablement que possible.

Je fermai les yeux.

J'allais nettoyer les dégâts. Mais plus tard. Après m'être reposée et avoir repris des forces. Il y avait de fortes chances pour qu'elles me laissent tranquille un bon moment, alors j'avais largement le temps.

Quelques profondes respirations salvatrices plus tard, je me sentais mieux, même si ma tête me faisait souffrir presque autant que mon épaule.

Qu'avait-elle voulu dire ? De quoi fallait-il que je m'excuse ?

Bizarrement, même si elle ne l'avait pas mentionné de manière explicite, Mme Dixon se comportait avec moi comme si elle me connaissait. Comme si elle savait qui j'étais.

Elle aurait pu, c'est certain. Elle avait peut-être lu mes livres. Je n'étais pas en photo sur les couvertures, mais on pouvait voir à quoi je ressemblais sur Internet, car les lecteurs prenaient souvent des selfies avec moi lors des séances de dédicaces. Si ma tête lui était familière, elle pouvait ensuite avoir reconnu mon nom sur mon permis de conduire.

Et si je me plantais complètement à son sujet ? Peut-être avait-elle assisté à l'une des conférences où l'on m'avait demandé d'intervenir. Ou bien s'était-elle rendue à Portland, Bend ou Salem pour une rencontre en librairie.

Mais si c'était le cas, qu'avais-je donc bien pu faire de si odieux qui l'aurait poussée à me kidnapper ?

Parce que là, franchement, elle allait avoir de gros, gros ennuis dès que la police lui mettrait la main dessus. On lui retirerait la garde de sa fille, et on la mettrait en prison.

Je ne voyais pas comment elle pourrait y échapper.

Mes apparitions publiques ne m'avaient jamais donné l'occasion de merder à ce point. Lors des conférences, je participais généralement à un débat avec d'autres auteurs. Il y avait aussi les « Rencontres premières pages » avec mon éditeur ; les participants nous lisaient le début de leur roman, puis nous leur donnions nos impressions. Si j'aimais ce qu'ils avaient lu, j'étais honnête. Et quand je n'aimais pas, je restais diplomate, m'arrangeant toujours pour trouver quelque chose de gentil à dire. Je mentais, au besoin. Le risque d'avoir froissé quelqu'un à l'une ou l'autre de ces occasions me semblait donc infime.

Lors des séances de signatures, je lisais un chapitre au public avant de dédicacer. Dans le pire des cas, j'avais pu me montrer grincheuse, malpolie ou dédaigneuse. Mais je n'avais pas pu faire pire que ça. De toute façon, je ne me retrouvais jamais en tête à tête avec quiconque ; j'étais toujours assise entre ma mère et mon attaché de presse ou un libraire.

Et aux conférences ? Soit mon éditeur m'accompagnait, soit c'était Billy, mon agent, qui s'en chargeait.

J'ouvris brusquement les yeux.

Billy ! Pourquoi n'y avais-je pas pensé plus tôt ?

Il m'avait téléphoné sur la route, parce qu'un éditeur allemand voulait sortir mes livres en poche. Billy était d'avis de ne pas accepter tout de suite pour négocier un contrat plus avantageux, mais il tenait à me donner les détails d'abord. Le réseau était très faible aux abords du col Santiam, alors j'avais proposé de le rappeler dès que j'arriverais sur les lieux de l'atelier. Billy m'avait demandé de le faire sans faute, parce qu'il devait donner une réponse dès lundi.

On était alors vendredi. Il s'était attendu à ce que je l'appelle le soir même, et il savait qu'il pouvait compter sur moi. Billy était épatant, et je lui devais ma carrière. Ma mère ne voulait pas que je prenne un agent ; elle estimait qu'une commission de 15 % sur mes gains était exagérée. Mais je préférais toucher 85 % d'une certaine somme, plutôt que 100 % de rien du tout. Et j'avais fait le bon choix. Billy avait défendu mes textes dès le départ, et nous nous étions tous deux bien rempli les poches grâce à lui.

Il s'était certainement inquiété de ne pas avoir de mes nouvelles.

On était samedi aujourd'hui ? Forcément.

Ne parvenant pas à me joindre sur mon portable, Billy aurait appelé chez moi, il aurait parlé à ma mère. Et maman aurait tenté de m'appeler à son tour, elle se serait inquiétée. Elle avait les coordonnées des organisateurs.

L'atelier !

Ils m'avaient déjà versé une avance, et ils auraient piqué une crise en ne me voyant pas me pointer.

Entre les organisateurs, ma mère et Billy, quelqu'un s'était forcément aperçu que quelque chose n'allait pas.

Ils allaient partir à ma recherche. Ils chercheraient ma voiture. Et ils la trouveraient.

N'est-ce pas ?

Mais à quelle distance de ma voiture me trouvais-je désormais ?

À des kilomètres, peut-être.

Sauf que la Flûte était pieds nus. Même avec de la corne sous les pieds – ou avec des sabots fendus – elle ne pouvait pas avoir crapahuté si loin de chez elle. Et puis, si elles m'avaient toutes deux transportée jusqu'à leur maison…

Ma voiture devait être tout près d'ici.

Et quiconque la verrait appellerait immédiatement la police. On viendrait me chercher.

– Ils vont trouver ma voiture, soupirai-je, tâchant de me détendre. Et puis ils me trouveront, moi. C'est sûr.

Dehors, un moteur démarra. J'entendis des pneus crisser sur le gravier, et un véhicule passa près des fenêtres. Puis le bruit disparut. Je roulai sur le côté droit, m'assis et posai les pieds au sol, en évitant l'assiette cassée. Je claudiquai jusqu'à la porte et y collai mon oreille. De la musique et des rires enregistrés me parvenaient de l'étage supérieur, sûrement une émission débile pour enfants. J'entendis un raclement de chaise.

Je me redressai. Mme Dixon avait laissé la Flûte toute seule à la maison ?

Une porte claqua. Et ce fut tout.

Je retournai au lit et me rassis, en contemplant le restant de spaghettis et les éclats de porcelaine qui jonchaient le sol vert gazon. Je poussai un soupir. Je n'étais pas très motivée pour ramasser tout ça. Je me penchai. Peut-être y avait-il quelques pâtes encore mangeables qui traînaient…

Une porte claqua à l'étage.

Je relevai la tête.

Au-dessus, quelqu'un traversa la pièce d'un pas rapide avant de descendre l'escalier grinçant.

Je quittai le lit pour m'approcher de la porte, et posai à nouveau mon oreille contre le panneau de bois.

– Il y a quelqu'un ?

Bien sûr qu'il y avait quelqu'un. Sans doute cette petite punaise qui voulait me faire chier.

Clic !

Je reculai d'un pas, sur le qui-vive.

La porte s'ouvrit. Une petite boîte en carton brun glissa jusqu'à mes pieds, et la porte se referma en claquant.

Clic !

Je m'agenouillai devant la boîte. Grâce à l'écharpe de fortune qui immobilisait mon épaule, je souffrais moins qu'au début. Ou bien peut-être m'étais-je habituée à la douleur.

J'examinai le carton de près, sans y toucher. Il n'y avait pas d'adhésif ; on avait juste coincé soigneusement les rabats entre eux, l'un par-dessus l'autre. Je lui donnai une petite pichenette.

Qu'est-ce que c'était que ce bruit ? Je me penchai au-dessus de la boîte.

Un bourdonnement. Oui, c'était ça.

– Oh mon Dieu.

La Flûte m'avait apporté mon téléphone ! Je souris et murmurai :

– Je retire tout ce que j'ai dit sur cette petite tête à claques.

Je m'assis en dépliant les jambes pour caler la boîte entre mes cuisses.

– Ne raccrochez pas ! Ne raccrochez pas !

Je glissai les doigts dans l'interstice entre les rabats et tirai. La boîte s'ouvrit d'un coup, libérant quatre abeilles furieuses d'y avoir été enfermées.

Deux d'entre elles foncèrent droit sur mon visage. Je hurlai et les chassai de ma main valide. Je continuai de crier, d'abord parce que mes gesticulations hystériques m'avaient provoqué de nouveaux élancements à l'épaule ; mais très vite, ce fut parce que l'une d'elles venait de me piquer la main.

D'un coup de pied, j'envoyai la boîte au loin et m'écroulai à terre, puis je roulai sur moi-même et rampai en geignant jusqu'au mur. Je me redressai suffisamment pour m'asseoir, adossée au mur, jambes tendues.

J'avais été piquée.

Je ne savais pas exactement ce qui allait se passer. La seule fois où une abeille m'avait piquée, j'étais bien trop petite pour en garder le moindre souvenir. Mais quand j'avais dix ans, alors que je me plaignais de mon bracelet d'alerte médicale, ma mère m'avait sermonnée : « Tu as failli mourir ce jour-là. C'est la seule fois de ma vie où j'ai vu ton père pleurer. »

Appuyée contre le mur, je sentis une vague de chaleur me submerger, comme si j'étais entrée dans un four. À l'endroit de la piqûre, une cloque de la taille d'une pièce de monnaie s'était déjà formée. Mon rythme cardiaque s'accéléra – était-ce la panique ? Ou bien le début de la réaction allergique ?

L'instant d'après, ma respiration se fit plus courte et rapide.

– Au secours ! S'il vous plaît ! m'écriai-je.

Ma vision se déforma légèrement, et mon cœur battit encore plus rapidement. Je fermai les yeux un moment.

– Calme-toi. Calme-toi.

Quand je les rouvris, ma main était rouge et enflée, déjà nettement plus volumineuse que l'autre.

J'appelai encore :

– Il y a quelqu'un ? S'il vous plaît !

Ma gorge me chatouillait bizarrement. J'avalai ma salive une première fois, puis une deuxième, mais un nœud semblait s'épaissir dans mon larynx, gênant mes déglutitions. Ainsi que le passage de l'air.

Clic !

La porte s'ouvrit. La Flûte apparut, arborant un tee-shirt gris Mickey Mouse douteux et un sourire diabolique.

– Petite garce, parvins-je à cracher entre mes dents.

Elle haussa les épaules et recula avant de refermer la porte.

Clic !

J'essayai de me relever. Mais mes jambes flageolèrent, puis cédèrent sous moi. Je m'effondrai sur le flanc droit. Étendue sur le sol, je voyais les quatre abeilles voler paresseusement au-dessus de ma tête.

Bzzzzzzzzzzzzz.

Ces sales bêtes se demandaient sûrement combien de temps il me faudrait pour crever.

Ma respiration devint sifflante, aiguë. Je sentais des fourmillements dans mes lèvres et dans mon nez.

Bzzzzzzzzzzzzz.

Confusément, je perçus le bruit des pneus sur le gravier.

J'inhalai péniblement, la moitié de ce que mon corps en manque d'oxygène réclamait.

Bzzzzzzzzzzzzzz.

Une porte claqua.

Je pris tant bien que mal une autre inspiration, couvrant à peine le quart de mes besoins.

Bzzzzzzzzzzzzzz.

Des murmures étouffés me parvenaient de l'étage.

Je respirai encore. J'essayai, du moins. Quasiment pas d'air, cette fois.

Bzzzzzzzzzzzzzz.

Des bruits de pas dans l'escalier.

Clic !

La porte s'ouvrit en grand.

– Oh ! c'est pas vrai.

Mme Daryl Dixon me regardait fixement.

Je tendis la main vers elle, avec juste assez de souffle pour chuchoter :

– Épi…

Elle tourna les talons et disparut, en laissant la porte ouverte.

Oh, si seulement j'avais eu assez d'énergie pour en profiter…

Je fermai les yeux et roulai sur le dos.

Calme-toi, calme-toi.

Bzzzzzzzzzzzzzz.

Respire.

Inspiiiiiiire.

Expiiiiiiiire.

Bzzzzzzzzzzzzzz.

Inspiiiiiiire.

Expiiiiiiiire.

Bzzzzzzzzzzzzz.

Insp...

Celle-là ne venait pas.

Plus d'inspirations.

Et plus d'air.

Mes yeux s'ouvrirent d'un coup. Ma bouche s'ouvrait et se refermait comme celle d'une malheureuse carpe. J'étais un poisson privé d'eau, échoué sur le rivage.

Bzzzzzzzzzzzzz.

Quelle ironie : c'est le bourdonnement désinvolte des abeilles qui ferait office de marche funèbre pour moi. J'avais rendu mon dernier soupir, et j'allais mourir là, étendue sur la moquette de cet étrange sous-sol. Mon champ de vision s'obscurcit sur les côtés, tandis que mes yeux s'emplissaient de larmes. Je n'avais jamais rien désiré aussi ardemment qu'une bouffée d'air, cependant mes poumons restaient désespérément vides.

Personne ne saurait jamais ce qu'il était advenu de moi.

Bzzz.

Un visage aux contours flous se pencha sur moi. Mme Dixon était de retour, brandissant l'EpiPen que je gardais dans mon sac.

Songeant qu'elle ne savait peut-être pas où m'administrer la dose d'adrénaline, je tendis maladroitement l'index de ma main gauche vers ma cuisse, pivotant le poignet autant que mon écharpe me le permettait.

Mes paupières se fermèrent, faisant déborder mes larmes.

Bzz.

Je fis un ultime effort pour aspirer un peu d'air.

Mais mon diaphragme paralysé s'y refusait, ma gorge hermétiquement close me désavouait. J'étais cuite. Mes parents ne sauraient jamais que j'avais fini ici. Rory tournerait la page et embrasserait une autre fille que moi. C'en était fini de tous mes rêves.

Bzz...

Une seconde plus tard, je sentis un coup violent dans ma cuisse, là où Mme Dixon avait planté l'aiguille. Mon corps fut secoué d'un sursaut, en réponse au choc.

Mais l'air me manquait pour crier de douleur.

Quelques secondes s'écoulèrent. Une éternité.

La douleur de l'injection s'estompa progressivement tandis que l'étau qui comprimait ma poitrine commençait à se desserrer.

Une première bouffée d'air se fraya péniblement un chemin jusqu'à mes poumons.

Bzzzz.

Une autre respiration suivit, puis une autre, puis une autre, chacune un peu moins erratique, un peu moins douloureuse que la précédente. Je commençai à espérer, à *croire* que je n'allais peut-être pas mourir – pas tout de suite – en fin de compte.

J'ouvris les yeux.

Mme Dixon était accroupie non loin de moi, le front plissé. Se faisait-elle vraiment du souci pour moi ? Voyant que j'avais ouvert les yeux, elle soupira. De soulagement ?

Bzzzzzz.

Elle prit un magazine et le roula pendant que je retrouvais mes esprits après cette expérience de mort imminente.

Je laissai tomber ma tête sur le côté pour la suivre du regard. Elle traquait les abeilles, leur assenant des coups de magazine bien ajustés. Je me représentai les insectes écrabouillés, entrailles à l'air. Je ne les pleurerais certainement pas.

Je posai ma main enflée sur ma poitrine, rassérénée par son mouvement redevenu régulier, et me calmai peu à peu tandis que mes respirations se faisaient plus profondes et plus posées.

Mme Dixon aurait dû se faire du souci. Le kidnapping, passe encore. Mais que votre enfant assassine quelqu'un ? Ce n'était plus du tout la même histoire.

Les bourdonnements cessèrent finalement. Elle jeta le magazine sur la table et revint me voir.

Je n'étais pas certaine d'avoir déjà assez de force pour parler, mais il fallait que j'essaie. Ma voix était faible et tremblante, mais audible tout de même :

– Elle a essayé de me tuer.

Mme Dixon haussa les épaules. Ce geste suggérait qu'elle s'en fichait comme d'une guigne. Mais la raideur de ses bras serrés le long du corps la trahissait. Elle avait eu peur ; peut-être même était-elle encore sous le choc. Pourtant, elle faisait de son mieux pour mimer l'indifférence, et, levant le menton, elle commenta :

– Eh bien, moi, je t'ai sauvé la vie. Nous voilà quittes.

Quittes ? Mais qu'est-ce qui n'allait pas chez elle ? Même si j'avais voulu parler, il n'y avait rien à répondre à ça.

Elle tendit l'index vers le lit. Je ne pouvais pas voir ce qu'elle me montrait, mais je savais exactement de quoi elle parlait :

– Et tu as intérêt à ramasser ça, ou tu n'auras rien d'autre à manger.

Puis elle sortit en claquant la porte.

Clic !

C'était tout ? J'aurais pu crever sous ses yeux, et voilà tout ce qu'elle avait à me dire ? Trop faible pour lui hurler quoi que ce soit, je me contentai de lever ma main droite, toujours rouge et enflée. Avec toute la haine dont j'étais capable, malgré le choc anaphylactique que mon organisme venait d'encaisser, je dressai mon majeur bien haut vers la porte.

6

Incroyablement fatiguée d'avoir failli passer l'arme à gauche, je restais étalée par terre, la joue appuyée sur la moquette synthétique vert gazon.

J'avais très chaud à la tête, mon visage était moite de sueur.

Suite à l'agression de l'EpiPen, ma cuisse me lançait terriblement.

Je n'étais toujours pas complètement persuadée que chaque respiration ne serait pas la dernière.

Enfin, je sentais le sang battre douloureusement dans la pince difforme et enflée qui avait été autrefois ma main, avant la piqûre.

Je tendis l'oreille en percevant du ramdam à l'étage : Mme Dixon criait sur la Flûte.

– Mais qu'est-ce qui t'a pris ? Tu imagines un peu, si elle était morte ? Qu'est-ce qu'on aurait fait, hein ?

J'avais beau être en piteux état, je parvins tout de même à esquisser un sourire. Ce petit monstre semblait d'une stupidité abyssale, mais l'était-elle vraiment ? Je ne le croyais pas. Elle était parfaitement consciente de ce qu'elle avait fait. Et elle savait exactement ce qui allait arriver.

Elle avait bien préparé son coup.

La Flûte n'avait pas seulement dû trouver une boîte ; il lui avait aussi fallu capturer les abeilles, et attendre le départ de sa mère. Elle savait donc très bien distinguer le bien du mal. Du moins, suffisamment pour deviner que sa mère n'aurait pas approuvé. Une sociopathe, menteuse et sournoise. Ou bien une psychopathe, sinistre et violente. À la différence près qu'une psychopathe était incapable d'éprouver des remords.

La Flûte, incontestablement, possédait la fourberie de l'une, et la cruauté volontaire de l'autre. Quant aux remords ? Ce serait le véritable test. Il me faudrait attendre de voir si j'étais confrontée à un futur monstre, ou simplement à une enfant dont le sens moral était encore branlant.

Mme Dixon continuait de hurler.

– Qu'est-ce que je vais faire de toi ?

Oh, j'avais bien quelques suggestions pour elle.

Puis je fis un effort pour m'asseoir en grognant. Je m'adossai de nouveau au mur et pliai les jambes. Je m'assurai que mon bras gauche restait bien calé dans l'écharpe avant de surélever ma main piquée en posant mon coude sur mon genou. Peut-être cette position aiderait-elle l'œdème à se résorber.

– Et je te conseille de ne plus t'approcher d'elle ! Compris ?

Je me sentis un peu réconfortée de savoir que Mme Dixon était tout de même embêtée à l'idée que j'aurais pu mourir.

Elle ne voulait donc *pas* que cela ce produise. Moi non plus.

Vraiment pas.

Il fallait garder la tête froide. La Flûte avait lu la plaque de mon bracelet d'alerte médicale, puisqu'elle connaissait mon allergie. Et Mme Dixon avait trouvé mon EpiPen sans tarder ; elle avait donc fait l'inventaire de mon sac avant.

Avait-elle dépensé mon argent ? Utilisé mes cartes de crédit ?

Si ma mère ou quiconque tentait de retrouver ma trace, c'était un détail qui serait forcément vérifié. J'espérais que Mme Dixon serait assez conne pour se servir de mes cartes.

Ce qui me fichait réellement la trouille, c'était ce que ces deux dingues pourraient découvrir à mon sujet. Mon journal intime était caché dans une poche secrète du bagage à main sur mesure que j'avais rangé dans le coffre de ma voiture. Si elles mettaient la main dessus, elles en sauraient plus long sur moi que n'importe qui d'autre, mis à part Rory, peut-être.

J'étais si prudente sur ce que je confiais à mes fans. Les blogueurs m'interrogeaient constamment à tout propos ; je parvenais à leur livrer suffisamment d'informations pour que tout le monde soit content, mais sans en dire trop. Et je bloguais moi-même, bien sûr : les réseaux sociaux faisaient partie du boulot, pour les auteurs.

Honnêtement, il n'y avait rien de tel que des centaines de commentaires pour flatter mon ego. Mais je passais énormément de choses sous silence. Rory était le seul à qui je racontais tout. Presque tout.

Une partie de moi craignait que les lecteurs n'aiment pas la personne que j'étais vraiment. Je faisais la maligne, bien sûr ; le monde vous appartient forcément, lorsque vous avez dix-sept ans et un succès planétaire avec vos livres.

Si seulement ils avaient su combien je manquais d'assurance pour tout, à part pour l'écriture. C'était pour cette raison que je n'avais pas exactement tout raconté à Rory, au début.

Il m'avait fallu des mois avant de lui avouer qu'il était non seulement mon premier amoureux, mais aussi mon premier ami. De la maternelle jusqu'à la quatrième, j'avais fréquenté une petite école privée sous contrat qui se déclarait unique en son genre, différente de l'école publique du coin. Avec toutes les histoires de harcèlement scolaire qu'on entendait, celle-ci avait trouvé sur quel créneau surfer : celui d'un environnement empreint de douceur et de gentillesse, où le respect mutuel était de mise.

Quel ramassis de conneries.

Lors de mon premier jour dans cette école, je portais des babies noires, un tee-shirt blanc à rayures noires, une jupe en jean, et des socquettes noires et blanches à liseré de dentelle. Maman m'avait fait une grosse tresse, qui se balançait dans mon dos avec un certain panache. Peut-être cette tresse fut-elle l'erreur. Ou bien c'était le tee-shirt. Ou le choix du noir et blanc ?

Je n'en avais aucune idée. Comment aurais-je pu savoir ce qui clochait ? J'avais cinq ans.

Je voulais seulement que tout soit parfait.

Chaque jour, juste avant de se rendre au travail, ma mère vaporisait son parfum devant elle et s'avançait dans la brume capiteuse. Alors ce matin-là, je m'étais faufilée dans sa chambre, j'avais attrapé le flacon sur sa commode et pulvérisé plusieurs fois le parfum en l'air avant d'effectuer un aller-retour à travers le nuage.

– Olivia ! s'était écriée ma mère en me prenant le flacon des mains. Oh, ma chérie… Bon, au moins tu sentiras bon, avait-elle dit en souriant.

Dans la sacoche rose qu'on venait de m'acheter, j'avais mis les pastels tout neufs, les petits ciseaux étincelants, les crayons de couleur, et toute la liste de fournitures demandée par l'école privée d'East Cascades. Je trépignais d'impatience.

C'était toujours ma grand-mère qui me gardait quand mes parents travaillaient, et comme j'étais fille unique, je n'avais pas beaucoup d'interactions avec les autres enfants, à part ceux des amis de mes parents, parfois. J'avais hâte de commencer l'école, car j'étais intelligente, j'aimais apprendre, et j'adorais lire.

Mais ce que je désirais par-dessus tout, c'était me faire des amis.

Nous étions un peu en retard ce matin-là, et il y avait quelque chose que j'avais oublié de faire, je le savais. En bouclant ma ceinture de sécurité, je dis à ma mère :

– Je vais trouver un meilleur ami aujourd'hui.

– Ça, j'en suis certaine, avait dit ma mère en souriant.

Du temps où elle était avocate, elle était toujours vêtue de tailleurs élégants avec des talons hauts, ses cheveux noirs lissés en un carré sophistiqué qui nécessitait un entretien très régulier au salon de coiffure. Elle ne doutait pas une seconde que je me révélerais une élève brillante, douée, et populaire surtout.

Une fois devant l'école, je sautai hors de la voiture et courus jusqu'à la porte. Une gentille dame aux cheveux gris qui s'appelait Miss Nola m'indiqua du doigt la porte de ma classe. Les semelles de mes babies claquèrent joyeusement tout au long du couloir.

Une fois entrée, je marquai une pause. Il y avait un piano dans un coin, une immense table dédiée aux travaux artistiques au fond de la pièce, et un aquarium posé sur un petit meuble de rangement. La pièce avait une odeur alléchante, un mélange de colle blanche et de peinture aux doigts.

– Olivia ? appela une voix chantante.

Miss Molly était petite, pour une adulte ; elle avait des cheveux roux mi-longs et des taches de rousseur sur le nez. À mes yeux, elle était parfaite. Miss Molly ouvrit les bras, et je courus me jeter dedans.

– Bienvenue, bienvenue ! Est-ce que tu peux aller poser ton sac à sa place ? Ensuite tu viendras t'asseoir dans le cercle des Bons Moments.

Je n'avais pas envie de quitter le giron de Miss Molly, mais je sautillai tout de même jusqu'au mur en face des fenêtres, trouvai la patère à mon nom et y accrochai ma sacoche. Une pression dans mon bas-ventre me rappela ce que j'avais oublié de faire avant de quitter la maison.

J'hésitai un instant à demander à Miss Molly où étaient les toilettes, mais tous les autres enfants se pressaient autour d'elle, aussi je me contentai de venir m'asseoir sur une des chaises disposées en cercle, juste à côté d'une fillette en robe rose et aux cheveux bruns coupés court qui m'adressa un sourire. L'étiquette sur son pull indiquait qu'elle s'appelait Savanna. Je lui souris à mon tour et serrai les jambes l'une contre l'autre.

Une autre petite fille était assise à côté d'elle ; elle avait des cheveux bruns bouclés, un short rouge, un tee-shirt bleu, et on pouvait lire CECILLE sur son étiquette. À côté de moi, il y avait un garçon.

Je ne connaissais pas bien les garçons, et je ne voulais pas être assise à côté de l'un d'eux. Celui-là portait un polo rouge, un jean et une espèce de version miniature des chaussures de randonnée de mon père. Il s'appelait Donny.

– Tu pues, me dit-il.

– C'est pas gentil de dire ça, intervint Savanna.

Donny se pencha vers moi et prit une grande inspiration. Son nez se plissa.

– Eh ben, elle pue quand même.

– C'est le parfum de ma maman, dis-je.

Cecille se leva et s'approcha de moi. Elle me renifla et se pinça prestement le nez.

– Oh oui, elle pue.

Mes yeux s'emplirent de larmes.

D'autres enfants s'asseyaient, et tous dévisageaient Cecille et Donny, qui prenaient des mines dégoûtées. C'en était trop.

– Je ne pue pas !

– Si, tu pues ! clama Donny. Tu sens comme… comme… comme un putois !

– Ouais, un putois ! gloussa Cecille.

Dans sa robe rose, Savanna pointa un doigt désapprobateur sur elle.

– C'est méchant.

Une fille allait s'asseoir, mais Cecille l'en empêcha :

– Non ! Ne t'assieds pas près du putois !

– Vous voyez ? Elle a même une queue de putois ! s'exclama Donny en saisissant ma tresse.

Les larmes coulèrent, et je cachai mon visage dans mes mains, au milieu des « putois ! » chuchotés.

Pourquoi Miss Molly ne leur disait-elle pas de s'arrêter ? Pourquoi ne venait-elle pas me sauver ?

Donny me pinça vicieusement le ventre.

Alors, je fus incapable de me contenir plus longtemps. Le pipi mouilla ma culotte, puis ma jupe, avant de déborder de ma chaise.

Plic. Ploc. Les gouttes s'écrasaient sur les tapis verts, jaunes, rouges et bleus qui délimitaient le cercle des Bons Moments.

– Regardez ! s'écria Donny. Le putois a fait pipi dans sa culotte ! Maintenant elle sent... la pisse de putois !

Il se boucha le nez, et le reste de la classe l'imita aussitôt.

Je cherchai le regard de Savanna.

Lentement, elle éloigna sa chaise de la mienne. Puis elle se pinça les narines à son tour.

Miss Molly s'approcha du cercle des Bons Moments, l'air sombre. Mais elle ne dit rien aux enfants qui se bouchaient le nez. Elle se contenta de lever rapidement les yeux au ciel et de soupirer, marmonnant tout bas :

– Je pensais qu'on tiendrait au moins jusqu'à la récréation...

L'assistante de la classe était Miss Nola, la dame aux cheveux gris qui m'avait accueillie à l'école. La mine renfrognée et plus du tout gentille, elle me prit le coude sans ménagement entre son pouce et son index ridés.

– Viens.

Quand je me levai, l'urine chaude coula le long de mes jambes jusqu'à mes parfaites petites socquettes noires et blanches à liseré de dentelle. Le temps d'arriver aux toilettes du personnel, au bout du couloir, mes chaussures étaient imbibées. L'assistante sortit une culotte blanche d'un sac et me la tendit, ainsi qu'une poignée d'essuie-tout en papier brun et rugueux.

– Va te nettoyer. Je t'attends dehors.

Entre deux sanglots, je détrempai un morceau d'essuie-tout roulé en boule, puis pressai le distributeur de savon, qui suinta d'un liquide gluant rose nacré. Je frissonnai tandis que l'eau froide et savonneuse dégoulinait le long de mes jambes ; je m'essuyai comme je pus avec une serviette en papier qui grattait. Il restait du savon, qui en séchant devenait collant.

Je m'étais nettoyée de mon mieux pour faire partir l'odeur, mais en vain. Donny avait raison. Je sentais la pisse de putois.

J'enfilai la culotte trop grande, avec le sentiment qu'elle pouvait tomber sur mes chevilles à tout moment. Cet après-midi-là, après avoir enduré une journée entière de moqueries et de nez qui se bouchaient à mon approche, je grimpai sans entrain dans la voiture de ma mère.

Elle me fit un grand sourire.

– Alors ! Tu as déjà trouvé un ami ?

Au lieu de lui répondre, je prétendis que j'avais mal au ventre. En arrivant à la maison, je courus à l'étage me débarrasser de mes vêtements, de mes babies neuves et de mes socquettes noires et blanches à liseré de dentelle qui n'avaient plus rien de parfait, et je jetai le tout à la poubelle.

J'avais cinq ans. C'était assez pour savoir que je n'avais rien de l'enfant dont ma mère rêvait. Assez pour comprendre que j'étais une ratée.

7

Trop éreintée pour bouger, je consacrais tous mes efforts à respirer régulièrement. Assise par terre, je regardais fixement le mur de ciment en face de moi. Je n'avais pas repensé à mes années d'écolière depuis un bout de temps. Dans ma vie actuelle, je n'avais pas le loisir de réfléchir. Et encore moins celui de m'apitoyer sur le passé.

Je faisais ce que j'aimais, je gagnais un fric fou, et j'allais partir à la fac. Je n'avais aucunement l'intention de parler de ces tourments d'école primaire à Rory. Et pourquoi l'aurais-je fait ? J'en avais déjà assez bavé en les vivant une première fois.

J'avais peur de les lui raconter. Qui donc aurait pu tomber amoureux d'une personne qu'on avait appelée Pisse de Putois durant quasiment toute son enfance ?

Miss Molly était peut-être aveugle, je n'en sais rien ; toujours est-il que jamais elle ne les empêcha de me torturer. Peut-être ne voulait-elle pas s'occuper de cette histoire. Peut-être qu'elle était simplement trop ahurie. Peut-être avait-elle subi ce genre d'humiliations dans sa propre enfance, et éprouvait-elle une forme de soulagement maintenant que plus personne ne l'embêtait.

Je n'avais rien dit à ma mère, cette année-là. Ni la suivante. Non qu'elle fût absente de ma vie, ou même de l'école. Non, elle apportait des *cupcakes* dès que l'école organisait un café des parents. J'aimais ces moments-là ; mon papa et ma maman qui me tenaient par la main et se penchaient sur mon bureau pour voir mes derniers travaux de dessin, de mathématiques ou d'écriture. Lors de ces événements, j'étais comme tout le monde : une gamine normale, accompagnée de ses parents débordants de fierté.

Leur dire la vérité aurait tout gâché.

Je gardais le silence à cause de leur admiration. Car j'adorais qu'ils soient fiers de moi. Et ils seraient tombés de haut en voyant ce que j'étais réellement au quotidien : une enfant faible, brimée, solitaire, recroquevillée dans un coin aux récréations, refoulée en bout de table pour le déjeuner. Mes parents auraient sans doute eu le sentiment d'avoir échoué.

La raison principale de mon silence ? J'étais terrifiée à l'idée qu'ils ne m'aiment plus. Personne ne veut être le parent d'une brebis galeuse.

Je m'accrochais de toutes mes forces à leur amour et à leur fierté, et il ne m'en fallait pas plus pour garder le silence.

Finalement, en CM2, j'avais jeté l'éponge. J'avais décidé de ne plus m'en faire.

Pourquoi cela avait-il pris tant de temps ? Ce n'était pas comme si j'avais passé mon temps à aller voir les autres petites filles pour leur proposer de sauter à la corde avec moi ou de partager mon goûter, avant de les voir décliner mes offres. Je n'interagissais avec personne ; ainsi, je ne risquais pas de subir de vrai rejet.

En outre, il subsistait ce petit problème d'image de paria qui me collait toujours à la peau.

Mais les enfants sont optimistes envers et contre tout. Alors, j'attendais que quelqu'un vienne m'inviter à jouer. Ça arriverait bien un jour, non ? Et en attendant, je m'occupais.

Je lisais. Constamment. À partir du CE1, la bibliothécaire m'avait autorisée à rester avec elle pendant les récréations pour l'aider à ranger les livres dans les rayonnages. J'adorais passer du temps dans la petite pièce silencieuse, sans fenêtre, seule au milieu de toutes ces étagères remplies d'histoires, souvent plus heureuses que la mienne, mais parfois bien plus tragiques. Ces livres étaient mes amis.

Charlie Bucket, Lucy Pevensie, Harry Potter. Eux me pressaient de venir les lire, alors tout allait bien tant que j'étais avec eux. Il est possible qu'au fond de moi j'aie espéré trouver une issue comme Charlie, Lucy ou Harry. Être emportée loin d'ici pour m'occuper d'une chocolaterie, ou découvrir que je possédais des pouvoirs magiques jusque-là insoupçonnés. Ou bien trouver une armoire particulière et déclarer : « Allez tous vous faire voir, je pars au royaume de Narnia. »

Notre institutrice de CM2 était extrêmement sévère. Mlle Reed avait déjà remplacé notre maîtresse de CM1 durant quelques mois lors de son congé maternité, et elle s'était montrée douce et patiente, même avec moi. Mais l'automne suivant, Mlle Reed était devenue Mme Klein, et elle avait paru prendre son nouveau poste très au sérieux. Était-ce le fait qu'elle soit si exigeante avec l'ensemble de la classe ? Sous sa coupe en tout cas, il semblait que plus personne n'avait assez d'énergie pour m'asticoter. Plus en permanence, en tout cas. Bien entendu, on me traitait toujours comme une lépreuse de temps à autre. Mais d'autres fois, les fillettes qui me tourmentaient depuis des années devenaient, sinon des amies, du moins des alliées.

Les ennemis de tes ennemis sont tes amis. Quelque chose de cet ordre-là.

C'était comme si, certains jours, elles s'apercevaient que nous avions besoin de nous entraider pour survivre au CM2.

Et je commençais à reprendre confiance. Cecille était devenue une fillette de dix ans jolie comme un cœur. Toujours une vraie vipère par ailleurs, ce qui prouve bien que l'habit ne fait pas le moine. Toutefois, elle aussi s'était adoucie avec l'avènement du régime fasciste de Mme Klein. Au déjeuner, il m'arrivait même de m'asseoir avec elle et ses amis, et d'avoir le sentiment que j'étais des leurs.

Pourquoi n'auraient-ils pas voulu de moi, après tout ?

En dépit de mon surnom tenace, qui avait été abrégé en simple « Putois », je ne puais pas. Mes parents étaient riches. J'avais toujours les meilleurs shampoings, les savons les plus délicats, les jeans, les robes et les chaussures à la mode. J'avais de bonnes notes en classe. Je n'étais pas extraordinairement douée en sport, mais les capitaines d'équipes ne me choisissaient pas en dernier non plus. Lentement, je parvenais à déconstruire les murs qui s'étaient dressés autour de moi lors du premier jour de classe.

Et puis, en mars, il y eut une nouvelle. Christine avait des cheveux roux flamboyants et une myriade de taches de rousseur sur le visage. Elle avait de l'allure, avec son jean blanc et son pull bleu électrique. C'était le jour du cheeseburger-frites à la cantine. Je pris mon plateau et m'arrêtai, le temps de décider où j'allais m'asseoir.

La nouvelle s'était assise en bout de table, toute seule. Mais au lieu de piquer du nez dans son assiette en essayant de se rendre invisible, comme je le faisais quand je déjeunais en solitaire, elle avait la tête haute et regardait tout le monde autour d'elle.

Christine semblait n'avoir peur de rien.

J'eus envie de m'asseoir à côté d'elle. Christine ignorait tout de moi, de mon passé. J'allais enfin pouvoir me faire une amie. Une meilleure amie, peut-être. Je n'avais pas été invitée à déjeuner avec Cecille et sa clique ce jour-là ; je fis donc un pas en direction de Christine.

Cecille s'avança à cet instant :

– Eh, Putois, tu viens t'asseoir avec nous ?

Je jetai un œil à Christine et déglutis. Il me fallut quelques secondes pour évaluer l'alternative qui se présentait à moi pour la première fois. *Je pourrais envoyer balader Cecille, comme si je me fichais d'elle, et devenir la grande amie de Christine.* Au lieu de quoi, croyant que les choses avaient changé, *espérant* qu'enfin j'appartiendrais à la super bande des CM2, je hochai la tête.

Je m'installai parmi eux. Après m'être servi une dose de ketchup, je plongeai une frite dedans.

Cecille se pencha vers le centre de la table, nous faisant signe de nous rapprocher. Elle nous lançait des regards entendus, l'air conspirateur.

– Bon, Olivia.

J'arrêtai de mâcher et me figeai.

Elle ne m'appelait jamais – aucun d'eux ne m'appelait jamais – autrement que « Putois ». S'il y avait un professeur ou un adulte dans les parages, ils s'abstenaient tout simplement de m'adresser la parole.

– On a réfléchi, continua Cecille.

J'avalai ma frite.

– Ah bon ?

– On voudrait que tu deviennes un membre permanent de notre table de cantine. Hein ? lança-t-elle aux autres.

Ils acquiescèrent d'un signe de tête, certains en marmonnant, d'autres en gloussant entre deux bouchées.

J'étais trop stupéfaite pour répondre quoi que ce soit. C'était finalement arrivé. Toutes ces années de persécution étaient terminées. S'étaient-ils rendu compte que je ne flancherais pas ? Que je ne les supplierais pas d'être mes amis ? Était-ce ce qu'ils avaient attendu durant toutes ces années ? Avant de décider qu'il était temps de me récompenser en m'intronisant ?

Quelle que soit la raison, je m'en fichais. Je hochai la tête et souris.

– Il y a une chose que tu vas devoir faire, dit-elle.

Je me penchai pour que Cecille me chuchote à l'oreille le prix de ma place dans le groupe, et mon estomac se noua tandis qu'elle glissait quelque chose sur mon plateau.

Plus tard, de retour en classe, je me dis : *Tu n'es pas obligée de faire ça. Tu peux refuser. Ça n'en vaut pas la peine.*

Mais je fermai finalement le poing sur l'objet dans ma paume et pris place, à l'affût du bon moment. C'était l'heure de la rédaction, mon activité préférée à l'école. Non seulement je chérissais la lecture qui me permettait de m'échapper de mon univers, mais j'aimais également beaucoup le fait d'en créer d'autres par moi-même. Je me penchai sur ma page et commençai à travailler.

– Pssst !

Je relevai le nez. Mme Klein avait pour politique de placer les chahuteurs à l'avant et les bons élèves au fond de la classe, ce qui m'avait fait hériter d'une place à l'avant-dernier rang. Cecille se trouvait de l'autre côté de l'allée centrale, un siège plus loin. Elle pointa du doigt la chaise vide de Christine, qui se trouvait juste derrière la mienne. Christine était à l'autre bout de la pièce, occupée à tailler un crayon. Mme Klein, le dos tourné, tapait sur son ordinateur.

Je coulai un regard vers Cecille. Les yeux rivés sur moi, elle articula en silence : « Vas-y. »

J'ouvris ma main gauche. Un sachet de ketchup un peu froissé s'y trouvait. Je déchirai rapidement le coin pour l'ouvrir et jetai un œil à l'avant de la classe.

Christine s'affairait toujours avec le taille-crayon ; Mme Klein nous tournait toujours le dos. Je pris un mouchoir dans ma case et le roulai en boule, puis me levai pour aller le jeter dans la corbeille, au fond de la classe. En retournant à ma place, je lâchai le sachet de ketchup sur le siège de Christine avant de me rasseoir prestement.

Elle revenait, à présent. *S'il vous plaît, faites qu'elle le voie, faites qu'elle le voie. Ne la laissez pas s'asseoir dessus.*

Je réfléchis. Christine ne pouvait pas le manquer. Elle arrivait en face ; elle regarderait forcément sa chaise avant de s'y installer. Je poussai un petit soupir de soulagement. Elle ramasserait le sachet et le jetterait, en se demandant qui avait pu faire ça.

Et rien de bien grave ne se produirait. Rien que je ne puisse pas empêcher.

– Pssst !

Je tournai vivement la tête vers Cecille.

Un grand sourire aux lèvres, elle salua Christine de la main. Celle-ci hésita une seconde, puis sourit à son tour et lui rendit son salut. Distraite par le geste amical de sa camarade de classe, la nouvelle ne baissa pas les yeux sur sa chaise.

Elle s'assit – elle n'avait donc rien vu. Mais immédiatement, je l'entendis bondir de sa chaise derrière moi.

– Qu'est-ce qu'il y a sur mon…

Son jean blanc, à hauteur des fesses, était taché de rouge vif.

– Oh non ! s'écria Cecille, assez fort pour que tout le monde tourne la tête. Tu as tes règles, Christine ?

Christine s'enfuit de la classe en courant, sa hanche me bousculant lorsqu'elle passa à côté de moi.

Mme Klein redressa la tête.

– Il vous faut une autorisation, jeune fille !

Mais Christine était déjà loin. Et toute la classe se tordait de rire. Enfin, toute la classe, sauf moi. Immobile, je faisais de mon mieux pour ne pas fondre en larmes.

Et à présent, même après toutes ces années, perdue dans ce sous-sol, je continuais de haïr Cecille de m'avoir convaincue que je n'avais pas le choix. Et je continuais de regretter mon geste.

8

Je cherchai à me relever, et ne parvins qu'à me mettre à genoux. Mais sentant que j'allais faire un malaise, je dus me pencher en avant et prendre appui sur mon coude droit. Lentement, je me redressai. La pièce dansait autour de moi.

Je pris quelques profondes inspirations, le temps que le décor s'immobilise.

– Je vais peut-être rester encore un peu là, finalement.

Je m'appuyai de nouveau au mur et glissai jusqu'à ce que mes fesses touchent le sol.

Je fermai les yeux.

Au-dessus de moi, une porte claqua. Un moteur démarra ; les gravillons crissèrent sous les pneus.

Je rouvris les yeux. Mme Dixon était repartie ? *Sérieux ?*

J'espérais qu'elle avait emmené sa gamine démoniaque avec elle.

Le plancher grinça au-dessus de ma tête.

Je me figeai.

La Flûte était encore dans la maison.

– Pourvu que ta mère ait réussi à te mettre du plomb dans la cervelle.

Je ne savais pas quoi faire, si elle retentait quoi que ce soit. Il n'y avait pas d'autre EpiPen dans mon sac. Si jamais la Flûte décidait de rejouer à « Que se passe-t-il quand l'allergique rencontre une abeille ? », j'étais fichue.

Des pas dans l'escalier. Précautionneux, comme si elle essayait d'être furtive, mais elle était vraiment très nulle à ce jeu-là. La Flûte avait davantage de talent pour attaquer les gens armée d'un gros bâton.

– Dégage ! Fiche-moi la paix ! criai-je.

Pas de réponse.

J'aurais aimé pouvoir me lever et cogner à la porte, mais j'en étais toujours à essayer de respirer normalement. Et puis, un son s'éleva. Une note grave, à la flûte. Puis une autre. D'accord. Elle me jouait un petit air.

Ni-nin, ni nin ni nin na naa naa, ni nin ni nin naa naa...

Qu'est-ce que... ?

– C'est pas vrai.

Lady Gaga.

La Flûte assurait. Si je ne l'avais pas détestée aussi cordialement, j'aurais peut-être été impressionnée.

Avec un peu de chance, Mme Dixon avait caché la clé du cadenas, voire l'avait emportée avec elle. La Flûte avait donc dû revoir ses ambitions à la baisse, et au lieu de m'assassiner avec ses abeilles, se contentait de m'infliger un concert pop.

Elle passa à une interprétation de « All the Single Ladies », puis continua avec un vieil air des Maroon 5. Je ne disais rien. Mais tandis qu'elle enchaînait les airs sans jamais s'interrompre, je commençai à songer que sa volonté de me tuer n'avait peut-être pas disparu, et qu'elle avait simplement changé de technique pour parvenir à ses fins.

Je me relevai et regagnai lentement le lit. Je fis un détour pour éviter les éclats de porcelaine mêlés aux restes de spaghettis, puis m'écroulai sur le matelas, grimaçant tandis que le rebond secouait péniblement mon épaule démise et la douleur sourde dans ma main gonflée. Rampant comme je le pouvais jusqu'à l'oreiller, je rabattis la couverture sur mes oreilles pour étouffer la musique, avec un succès tout relatif.

Je tentai de la remonter davantage, mais elle recouvrait alors trop mon visage, d'une manière qui n'aurait pas été insupportable si je n'avais pas frôlé l'asphyxie quelques minutes plus tôt. Vaincue, je repoussai la couverture et m'absorbai dans la contemplation du plafond.

Il était couvert de dalles blanches. Elles étaient en bon état ; on ne voyait pas de traces de moisissure.

Ma flûtiste démoniaque continuait d'égrener son répertoire ; elle en était désormais à Rihanna, me semblait-il, ou bien une interprétation consternante d'un tube de Coldplay. Incapable de trancher, je fis un effort pour penser à autre chose.

Mon esprit retourna vagabonder du côté du CM2, lors de cette fameuse journée.

Christine avait quitté la classe en courant. Je n'avais pas bougé de ma chaise. Je ne riais pas avec les autres, rongée par le remords. À cause de ce que j'avais fait, à cause de ce que Cecille m'avait fait faire. Certes, elle ne m'avait pas forcée. Mais avais-je eu réellement le choix ?

Et si j'avais refusé ? Cecille et sa bande m'auraient exclue pour de bon. Mais en accomplissant ma mission, j'avais une chance d'être adoptée par eux. Et j'avais toujours été du genre à privilégier le long terme.

Une demi-heure plus tard, Christine était revenue en classe. Elle portait un bas de survêtement gris et, à la main, son pantalon blanc, roulé en boule. Je gardai les yeux baissés sur mon livre de maths quand elle passa près de moi.

J'attendais la récréation de l'après-midi avec une impatience mêlée de nervosité. Je voulais parler avec Cecille et les autres. J'avais fait ce qu'ils voulaient, je faisais donc partie du groupe désormais.

Mais la perturbation causée par l'incident avait exaspéré Mme Klein, qui nous tint bouclés dans la salle de classe jusqu'à la fin de la journée. Pas de récré. Pas de bavardages. À la sortie, ma mère m'attendait dans la voiture : je n'eus pas d'autre choix que de la rejoindre directement.

Le matin suivant, je m'assis à ma place. J'essayai de capter l'attention de Cecille, mais elle était dos à moi, en pleine conversation avec une fille, de l'autre côté de la salle. Je me tournai pour observer Christine à la dérobée, tandis qu'elle regardait par la fenêtre. Elle portait un sweat-shirt couleur crème et un legging noir. Ainsi, elle ne courait aucun risque de subir la même humiliation que la veille.

Nous devions nous rendre au cours d'arts plastiques ; cependant, Mme Klein nous dit :

– J'ai prévenu M. Millis que vous seriez un peu en retard aujourd'hui.

Quelqu'un émit un grognement. Mme Klein le toisa sévèrement et croisa les bras.

– J'ai une petite histoire à vous raconter. Il était une fois cinq bisons, qui un jour décidèrent de faire du patin à roulettes. Quatre d'entre eux étaient doués et rapides comme l'éclair. Le cinquième bison n'était pas très à l'aise sur ses patins et les autres se moquèrent de lui, puis, comme il était trop lent, ils partirent en le laissant tout seul.

Quelqu'un toussa.

Mme Klein poursuivit.

– Le cinquième bison, abandonné, se mit à pleurer à cause de la méchanceté des autres.

Je me tassai un peu sur ma chaise. Où voulait-elle en venir exactement ? La plupart du temps, je me sentais comme le bison laissé pour compte dans l'histoire. Mme Klein allait-elle enfin réagir face aux persécutions dont j'étais l'objet ?

– Finalement, l'un d'eux s'aperçut que le cinquième bison pleurait à chaudes larmes, et rebroussa chemin pour venir l'aider. Tous deux rejoignirent ensuite les autres, et depuis, ils se promènent toujours tous ensemble.

Euh, pardon ? Je me grattai la tête.

Mme Klein décroisa les bras et agita son index dressé vers nous.

– Je me suis aperçue que certains se comportaient mal ici. Nous avons accueilli une nouvelle élève parmi nous, et je ne tolérerai pas un seul instant qu'elle ne soit pas traitée comme on doit toujours traiter les autres. Avec gentillesse.

Je sentis le rouge me monter aux joues. *Sérieusement ? On me traite comme de la merde pendant des années sans que personne ne lève le petit doigt, et puis on embête la nouvelle une seule fois, et tout à coup la maîtresse nous passe un savon pour la défendre ? Elle ?*

Mme Klein avait l'air en colère.

– Mais je suis surtout très déçue que *la* personne qui, mieux que quiconque, sait ce que c'est que d'être marginalisée, cette personne que je croyais plus avisée…

Son regard se tourna vers moi. Tout comme de nombreux visages dans la classe.

Écarlate, je rentrai la tête dans les épaules.

– … Je suis très déçue que cette personne soit impliquée dans l'incident d'hier. Je ne veux plus de ce genre de comportement dans cette classe. À partir de maintenant, vous allez tous vivre en bonne intelligence les uns avec les autres. Suis-je bien claire ?

Je hochai la tête, de même que tous mes camarades. Ils avaient hâte d'en finir. Elle nous fit sortir dans le couloir et nous envoya au cours d'arts plastiques en file indienne.

On pouvait s'asseoir où on voulait, dans la salle d'arts plastiques, sur les longs bancs disposés de chaque côté des grandes tables. Cecille prit place, et je me dirigeai vers elle. Mais lorsque je m'approchai, elle posa la main à côté d'elle sur le banc.

– Trouve une autre place, Putois.

Je me figeai, le cœur battant, les mains tremblantes. Qu'est-ce qu'il lui prenait ? J'avais fait ce qu'elle avait demandé ! J'avais risqué gros. Ce n'était pas possible, elle devait blaguer.

Mais autour d'elle, les filles prirent l'air suffisant et secouèrent la tête. L'une d'elles se pinça le nez. Cecille regarda derrière moi et s'exclama :

– Christine, viens t'asseoir avec nous !

Je me tournai et manquai me cogner à Christine. La nouvelle me fusilla du regard.

– Cecille m'a dit que c'était toi. Qu'est-ce que je t'ai fait, au juste, Putois ?

Elle prit place à côté de Cecille, là où j'aurais dû m'installer.

– Va t'asseoir ailleurs, me lança Cecille avec un sourire mauvais.

Je clignai des paupières pour refouler les larmes qui me piquaient soudain les yeux, et filai m'installer à l'autre bout de la salle. Je me glissai à une table, à côté de quelques filles qui manifestaient une indifférence totale à mon égard. Elles ne m'adressaient pas plus la parole que les autres, mais au moins elles ne me diraient rien de méchant.

Les yeux rivés à la table, je faisais de mon mieux pour ne pas éclater en sanglots. Je me frottai vigoureusement la nuque. *Ne pleure pas. Ne pleure pas.*

Mes doigts s'emmêlèrent dans les petits cheveux à la base de la nuque, et, en tirant pour libérer ma main, j'en arrachai un. La sensation de piqûre me fit sursauter, mais le choc et la surprise, l'espace d'un instant, m'ôtèrent l'envie de pleurer. Je portai de nouveau la main à ma nuque et arrachai un autre cheveu. Au bout d'un moment, après en avoir arraché un certain nombre, j'étais redevenue calme. Je n'étais plus au bord des larmes. J'avais retrouvé mon sang-froid.

Certains disent qu'on passe sa vie d'adulte à se remettre de son enfance.

Je ne sais pas si c'est vrai, mais certains jours, ça me semblait être le cas.

Ce tic d'arrachage de cheveux débuta ce jour de CM2, et empira durant l'été. À l'automne, j'avais mis à nu toute une plaque de cuir chevelu, derrière l'oreille droite. Je pouvais dissimuler le problème car j'avais les cheveux longs, que je portai tressés sur le côté durant toute l'année de sixième. En cinquième, j'avais opté pour une natte qui se terminait en queue-de-cheval, et en quatrième, je m'étais mise au port du bandeau. Au moins, je pouvais l'assortir à la couleur de ma tenue.

Par un après-midi d'été, juste après la fin de la quatrième, ma mère et moi étions parties faire du shopping. Dans la cabine d'essayage d'American Eagle, je m'efforçais d'entrer dans un short en taille 36, tentative que je savais vouée à l'échec. En plus de m'arracher les cheveux, je m'étais mise à grignoter compulsivement pour apaiser mes angoisses et oublier ma solitude.

– Alors, Olivia ? Qu'est-ce que ça donne ?

– Deux secondes.

Je retins ma respiration, rentrai le ventre et boutonnai le short. Puis je retirai mon débardeur pour essayer un chemisier, faisant au passage glisser mon bandeau par mégarde. À cet instant précis, ma mère ouvrit la porte de la cabine.

– Chérie, j'aimerais qu'on soit rentrées assez tôt pour…

Elle ne termina pas sa phrase, et me dévisagea, bouche bée. Puis ses yeux se plissèrent, et elle toucha la zone de ma tête devenue chauve.

– Mais ?… Mon Dieu, tu as une pelade !

– Sors d'ici ! m'écriai-je en la repoussant, tentant de refermer la porte sur elle. Va-t'en ! *S'il te plaît*, sors !

Mais elle ne se laissa pas faire, et rentra en fermant la porte derrière elle. Nous n'étions qu'à quelques centimètres l'une de l'autre. Serrant mon débardeur contre ma poitrine d'une main, j'arrangeais comme je le pouvais mes cheveux de l'autre.

– C'est toi qui as fait ça ?

Mon menton trembla et mes yeux s'emplirent de larmes. Je les fermai dans l'espoir de contenir le débordement imminent, avant d'acquiescer en silence.

– Mais pourquoi ? Pourquoi ferais-tu une chose pareille ? Qu'est-ce qui ne va pas ?

Après des années passées à garder le secret, à cacher que j'étais le mouton noir de ma classe, j'ouvris les yeux et les larmes jaillirent.

Maman me serra dans ses bras. Elle me caressa les cheveux, lentement, longtemps, puis reprit d'une voix douce :

– Raconte-moi. Tu peux tout me dire.

Le visage sur son épaule, enfoui dans son tee-shirt blanc, je marmonnai :

– Les autres m'embêtent.

– Comment ? s'exclama-t-elle en cessant de me caresser la tête quelques secondes, avant de continuer. Mais pourquoi ? Pourquoi s'en prendre à toi ?

Seigneur, combien de fois m'étais-je posé cette question ?

Je déglutis et pris une inspiration entrecoupée de sanglots. Puis je redressai la tête et observai mon reflet dans le miroir. J'avais les yeux rouges et gonflés, et des cheveux collés à mes joues par les larmes. Je lui déballai toute l'histoire, depuis le premier jour de maternelle.

Ses épaules s'affaissèrent.

– Pourquoi tu n'as jamais rien dit ?

– Pourquoi tu n'as jamais rien remarqué ?

Elle se décomposa et, portant la main à ses yeux, fondit en larmes.

Je regrettai instantanément mes paroles.

– Je ne sais pas. Je ne sais pas ! s'écria-t-elle en laissant retomber sa main, étalant un peu plus son mascara qui dégoulinait. C'est à cause de mon travail. Je démissionne dès demain.

– Mais non, maman, dis-je en lui posant une main sur l'épaule. Tu adores ton boulot.

– J'étais trop absorbée par ma carrière pour m'apercevoir que ma fille se faisait maltraiter au point de...

Elle se tut en secouant la tête. Puis elle se pencha vers moi et embrassa ma pelade.

– J'arrête. Je démissionne.

– Tu n'as pas à faire ça. Mais ne me renvoie pas là-bas, s'il te plaît.

– Tu plaisantes ? se récria-t-elle. Tu ne remettras plus jamais un pied dans cette école.

Plus tard, lorsqu'il fallut expliquer cette déscolarisation pour ma biographie officielle de romancière, on s'arrangea pour la mettre sur le compte de mon activité chronophage d'écriture, incompatible avec un emploi du temps de lycéenne. Et après l'avoir répété un certain nombre de fois lors d'interviews, je finis par considérer ce mensonge pragmatique comme la vraie raison pour laquelle j'avais passé mes années de lycée dans le cocon familial.

Mais c'était du pipeau.

Ma biographie officielle faisait également l'impasse sur la thérapie. Nous avions appris que mon TOC avait un nom : la trichotillomanie. Il me fallut plusieurs mois de séances et de cachets, mais je finis par arrêter. Tenir un journal intime au sujet de ces années de brimades faisait partie du traitement. Et lorsque je craquai finalement et racontai tout à Rory, j'eus la sensation qu'on m'ôtait un poids considérable. Il savait tout, et voulait malgré tout rester avec moi.

Le succès avait été ma meilleure revanche. En tournée de promo, je séjournais dans des hôtels cinq étoiles, et des inconnus faisaient la queue pendant des heures pour me voir, pendant que Cecille et sa troupe restaient sur les bancs de cette école à la con. Oui, je faisais un peu d'espionnage sur Internet. J'avais un contrat d'enfer et une super fac qui m'attendait à la rentrée. Cecille suivrait quant à elle une formation professionnelle pour devenir assistante dentaire.

Peut-être nettoierait-elle mes dents, un jour.

J'avais donc à peu près digéré ces années d'école. Mais je continuais à écrire dessus dans mon journal intime, celui qui était caché dans le coffre de ma voiture. Celui que je ne voulais pas voir tomber aux mains de la Flûte ou de sa mère. Car si elles s'en emparaient, tant que j'étais leur prisonnière, ce journal pouvait m'anéantir aussi sûrement qu'une boîte remplie d'abeilles.

9

Enfin hors d'haleine, la Flûte cessa de jouer et gravit l'escalier, bien plus bruyamment qu'elle ne l'avait descendu. Manifestement, il n'y avait personne là-haut qui l'aurait forcée à remonter en douce. Je parvins finalement à m'assoupir. En émergeant un moment après, je me sentais un peu mieux. Je roulai sur le côté afin de contempler les spaghettis et les éclats de porcelaine brisée. Il fallait que je fasse attention, sinon j'allais finir par me couper avec…

Je clignai des yeux.

Andouille.

J'avais désespéré de trouver une arme, et il y avait des monceaux d'objets coupants juste sous mon nez. Certains étaient trop petits ; je ne pourrais pas m'en servir sans me blesser. Mais d'autres étaient de bonne taille. Ceux-là pourraient certainement faire des dégâts.

Je me levai et fis le tour du lit. Je choisis un morceau pointu, grand comme ma paume. Il y avait une petite fleur rose au centre, et un peu de sauce séchée dessus. Je ramassai un autre éclat fleuri pour faire bonne mesure. Puis encore un autre. Je revins au lit et glissai mon butin sous l'oreiller. Puis j'allai à la salle d'eau chercher la poubelle miteuse.

Je n'avais aucune envie de ramasser tout ça. Mais j'augmenterais peut-être mes chances que Mme Dixon ne remarque pas les éclats manquants.

Crissement de pneus sur les gravillons. Une portière de voiture claqua.

Les pas dans l'escalier m'annoncèrent qu'il ne me restait presque plus de temps.

Clic !

La porte s'ouvrit en grand.

C'était Mme Dixon, toujours vêtue de sa blouse à fleurs, de son pantalon de toile et de ses sabots rouges en cuir verni.

– Tu nettoies ?

J'acquiesçai d'un signe de tête en faisant de mon mieux pour ne pas donner l'impression que je me dépêchais d'en finir. Mais mon cœur battait la chamade, et la sueur perlait sur mes tempes.

Elle s'approcha de moi.

Je me raidis, puis reculai en me redressant. Elle tendit la main.

– Tu t'y prends comme un manche. Donne, je vais le faire.

Comme je ne bougeais pas, elle me prit la poubelle des mains. Je jetai un dernier coup d'œil aux dégâts puis contournai Mme Dixon pour aller m'asseoir à l'autre bout du lit tandis qu'elle s'affairait.

– Tu as l'air en meilleure forme, dit-elle, mais d'un ton presque narquois, comme si elle estimait que j'avais joué la comédie.

– J'ai fait un petit somme.

Elle suspendit son geste et planta son regard dans le mien.

– Ça doit être bien, de pouvoir faire un petit somme comme ça, quand ça vous prend.

Mon poing droit se serra.

– Il n'y a pas grand-chose d'autre à faire ici.

– J'imagine que chez toi tu peux bien faire ce qui te chante, quand ça te chante, persifla-t-elle.

Elle me cherchait. À dessein ?

Elle reprit :

– Ça doit être drôlement bien. Tu n'as même pas été forcée d'aller au lycée, n'est-ce pas ?

Il était clair qu'elle connaissait déjà la réponse, sinon elle n'aurait pas posé cette question. Essayait-elle de me faire passer pour l'ado pourrie gâtée qui n'avait jamais eu à lever le petit doigt ?

Bien sûr, vu de l'extérieur, ça pouvait ressembler à ça. Cette foutue biographie au dos de mes livres me donnait peut-être cette image-là, mais j'avais eu mon lot d'années pourries avant que les choses ne s'améliorent. Oui, c'est vrai, ma vie était plutôt chouette depuis quelque temps. J'étais ravie d'avoir une belle voiture, de pouvoir m'acheter tout ce que je voulais et de faire ce que je voulais. Je n'avais pas honte d'admettre que j'adorais me rendre aux rencontres, aux conférences et aux séances de dédicaces, que j'adorais voir les gens se battre pour me parler, pour m'approcher. Enfin, j'étais la fille à côté de qui tout le monde voulait s'asseoir à la cantine.

Et personne ne réussirait à me faire culpabiliser d'avoir du succès. Personne. La vie me devait bien ça ; on ne me ferait pas changer d'avis là-dessus. Et surtout pas Mme Daryl Dixon.

Je m'aperçus que j'avais rougi, et que mon cœur battait plus fort.

Mme Dixon se pencha en avant pour pousser les débris dans la poubelle. La peau à la base de son cou était dégagée. Tendre. Pâle.

Vulnérable.

Ma gorge se serra.

Les éclats de porcelaine cachés sous mon oreiller pourraient donner de bons résultats dans cette zone de chair offerte.

Ma main se glissa sous l'oreiller.

Mes doigts se refermèrent sur un éclat d'assiette. Je le retournai en vitesse pour le tenir du côté lisse. Puis je montai lentement sur le lit et me dressai sur mes genoux.

– Tu ne te rends pas compte de la chance que tu as, n'est-ce pas ?

Vas-y, continue de parler.

Avec un luxe de précautions, et en souffrant le martyre, j'entrepris de rejoindre l'extrémité du lit.

Déplace ta main. Genou droit. Genou gauche. Respire.

– Je tâche d'apprendre à ma fille à être honnête et à travailler dur pour être récompensée. Elle travaille tellement pour bien jouer de sa flûte.

Déplace ta main. Genou droit. Genou gauche. Respire.

– Ça devrait être suffisant dans ce pays. Travailler dur. Faire tout ce qu'il faut. Les choses devraient bien se passer, soupira-t-elle. Mais je ne veux pas qu'elle devienne comme moi, à travailler dans une maison de retraite. À faire la toilette de vieux qui ne se rappellent même pas mon nom d'un jour sur l'autre.

Déplace ta main…

Je me penchai trop vite en avant et perdis l'équilibre, avant de me rattraper sur mon coude. Le matelas remua. Je retins ma respiration et fermai les yeux de toutes mes forces.

S'il vous plaît s'il vous plaît s'il vous plaît…

– J'avais un rêve. J'avais un rêve, et on me l'a bousillé. Je ne veux pas qu'il lui arrive la même chose.

Je repris lentement mon souffle et ouvris les yeux.

Elle était toujours occupée à nettoyer, et semblait avoir oublié ma présence.

Genou droit. Genou gauche.

Respire.

Je m'arrêtai, le regard fixé sur cette zone de peau laiteuse. Puis je me baissai en assurant mon équilibre, agenouillée au bord du lit.

Penchée en avant, je levai mon bras valide au-dessus d'elle, prête à frapper.

Un bon coup bien ajusté, c'était tout ce qu'il fallait.

Je n'avais pas besoin de la tuer, seulement de lui faire assez mal pour la clouer sur place et me laisser le temps d'atteindre la porte, puis de la fermer à clé. Ensuite, je m'occuperais de la Flûte.

– Parce que, parfois, tout le travail et l'honnêteté du monde ne servent à rien si les autres trichent et utilisent…

Je ne l'écoutais plus. Je me passai la langue sur les lèvres en me répétant : *Un coup bien ajusté.*

Je déglutis et assurai ma prise.

Tu peux le faire.

Mon cœur battait à toute allure. Je m'armai de courage, prête à bondir…

– MAMAN !

Dans l'encadrement de la porte, les yeux exorbités, la Flûte me montrait du doigt.

Je perdis l'équilibre et basculai vers l'avant.

En une fraction de seconde, Mme Dixon m'attrapa le poignet et me tira violemment du lit. J'atterris sur le sol tête la première.

Le choc m'avait coupé le souffle, et une nouvelle salve de douleur dans mon épaule me terrassa. Je serrai de toutes mes forces mon éclat d'assiette.

En pure perte. Mme Dixon était sur mon dos et me maintenait au sol. D'une main, elle m'écrasa le visage dans les débris d'assiette et les traces de sauce tomate qui maculaient la moquette. Son genou me broyait le poignet, je ne pouvais plus résister. Mes doigts s'ouvrirent. L'arme tomba de ma main.

Elle souleva le genou, et je tentai de riposter avec mon bras valide.

Quelque chose le cloua immédiatement au sol. Quelque chose de chaud, de vivant, qui se tortillait. La Flûte s'était assise sur mon bras. Je n'avais plus d'autre choix que de rester étendue là, haletante, le cœur battant si fort que le sang bourdonnait dans mes oreilles.

Mme Dixon se leva un instant. Je perçus le bruit des couvertures qu'elle secouait. Puis ses jambes apparurent dans mon champ de vision.

– Tu avais une sacrée planque, dis donc.

Cling.

Un morceau d'assiette cassée atterrit dans la poubelle.

Cling.

Un autre.

Puis elle pesa de nouveau de tout son poids sur moi. Toutes deux m'empêchaient de faire le moindre mouvement. J'avais l'épaule en feu et la joue me piquait là où les éclats de porcelaine m'avaient entaillée.

L'haleine de Mme Dixon était chaude et moite contre mon oreille.

– Tu croyais vraiment que j'allais te laisser nous faire du mal, à moi ou à ma fille ?

Je ne répondis rien.

– Elle aurait pu te tuer, claironna la Flûte.

Mme Dixon m'attrapa par les cheveux et souleva ma tête, puis la cogna de nouveau par terre, mon front heurtant le sol comme un marteau sur une forge, le choc contre le sol de ciment à peine amorti par la mince épaisseur de moquette synthétique vert gazon.

La douleur dense et vibrante me fit gémir.

Sa bouche revint derrière mon oreille.

– Qu'est-ce que ça te ferait ? Comment tu le prendrais, si quelqu'un essayait de te faire du mal ?

– Tuez-moi, qu'on en finisse, maugréai-je tout bas.

J'aurais voulu répondre en hurlant à lui percer les tympans. Mais j'avais si mal à la tête que je ne pouvais pas faire mieux.

– Tuez-moi. C'est ce que vous essayez de faire depuis que vous m'avez trouvée sur la route.

Je me préparai à encaisser un nouveau choc. Mais rien ne venait ; sa prise se relâcha même un instant. Assez longtemps, même, pour que j'envisage de dégager la Flûte de mon bras pour me libérer. Mais bien vite, Mme Dixon fut de nouveau sur moi.

– J'en ai assez de t'entendre.

Parfait, pensais-je en fermant les yeux. *Elle va peut-être se casser.*

Je sentis quelque chose m'effleurer le front et rouvris les yeux. Un gant de toilette rose à pois orange se balançait devant moi.

Qu'est-ce que c'est que ce délire ?

Elle pinça cruellement mes joues pour me faire ouvrir la bouche. Je fis de mon mieux pour garder les lèvres collées l'une contre l'autre, mais elle força le passage et me fourra le gant de toilette dans la bouche.

– Non ! m'écriai-je, mais je ne parvins qu'à émettre un grognement étouffé.

J'eus un haut-le-cœur. Je voulais hurler.

Respire par le nez, respire par le nez.

– Là. Tu vas peut-être écouter, maintenant.

Calme-toi, calme-toi. Elle veut seulement parler.

Quelque chose de lisse, dur et froid glissa le long de ma joue. Remonta, puis redescendit. Comme une caresse.

Ma respiration devint sifflante.

– Ce côté-là est si lisse, c'est amusant, non ? Qu'il n'y ait pas le moindre danger. Je pourrais continuer comme ça toute la journée, ça ne te ferait rien du tout, dit-elle sans interrompre son va-et-vient contre ma joue. Mais l'autre côté…

La caresse froide de la porcelaine cessa.

Mme Dixon me mit le troisième éclat d'assiette sous le nez.

Je poussai un gémissement.

Et l'éclat disparut de mon champ de vision.

– … est tellement tranchant, tellement pointu.

Elle appuya l'extrémité sur ma joue.

J'aurais bien hoqueté de terreur, mais avec le gant de toilette dans ma bouche, je ne pus qu'inhaler par le nez. J'eus un nouveau haut-le-cœur et me débattis comme un beau diable, mais elles tenaient bon.

Lentement, la pointe se promenait sur ma joue, de haut en bas.

– Qu'est-ce que ça donnerait, si on essayait de faire une photo de toi pour tes livres, avec une belle grosse cicatrice ?

Un frisson me parcourut l'échine tandis que les poils se hérissaient sur mes bras.

Pitié, ne fais pas ça.

– On devrait peut-être taillader tout ton visage.

Mes larmes commencèrent à déborder. *Ne fais pas ça. Ne fais pas ça.*

Elle continuait de faire aller et venir la pointe effilée sur ma joue.

– Ne t'en fais pas ; tu pourrais toujours écrire, n'est-ce pas ? Ce serait trop affreux, si tu ne pouvais plus offrir au monde aucun de tes *merveilleux* romans. Je veux dire, tu as travaillé si dur pour les écrire.

De mes sanglots étranglés dans ma gorge, on ne percevait que de vagues grognements.

Mme Dixon pressa l'extrémité sur ma joue.

– On commence par ici ?

Elle appuya un peu plus fort, coupant la peau.

Une vague de chaleur inattendue se diffusa entre mes jambes.

La Flûte se releva aussitôt.

– Maman, elle s'est fait pipi dessus !

– C'est pas vrai ! s'exclama Mme Dixon en se levant à son tour.

Côte à côte, elles me regardaient. Je n'avais aucun mal à imaginer ce qu'elles voyaient : un petit tas misérable et reniflant, avec un gant de toilette fourré dans la bouche, la tête au milieu des spaghettis, et la tache sur mon legging s'élargissant à mesure que le tissu s'imbibait.

Mme Dixon secoua la tête et lâcha son arme au-dessus de la poubelle.

Cling.

Elle m'attrapa par un pied et me traîna à l'écart. Elle ramassa en vitesse ce qui restait des dégâts, s'assurant qu'elle n'oubliait aucun morceau un tant soit peu tranchant. Puis toutes deux quittèrent la pièce sans un mot, emportant la poubelle avec elles.

Clic !

Je me débarrassai aussitôt du gant de toilette et libérai mes sanglots. Toujours allongée par terre, je pleurai sur mon évasion manquée, sur la cruauté avec laquelle elles me traitaient et sur mon impuissance à les en empêcher.

Elle avait réussi à faire de moi celle que je croyais avoir abandonnée pour toujours.

J'étais redevenue Pisse de Putois.

Ma main se glissa dans mes cheveux et commença à tirer. Et lentement, cheveu après cheveu, piqûre après piqûre, je commençai à me sentir mieux.

10

Je restai étendue à terre jusqu'à ce que mes sanglots s'espacent. Jusqu'à ce que les coups de timbale assourdissants s'affaiblissent sous mon crâne. Jusqu'à ce que la lumière décline au-dehors. Alors – juste avant de me retrouver dans le noir complet – je me traînai jusqu'à la lampe de chevet pour l'allumer.

Je m'assis sur le bord du lit.

Mon legging avait séché, il était tout raide à présent. Je sentais les effluves douceâtres et écœurants de l'urine. La moitié de mes cheveux s'étaient échappés de mes tresses ; quelques mèches pleines de sauce tomate me retombaient sur les yeux. Mes pieds nus étaient dégoûtants. Tant de parties de mon corps me faisaient souffrir que je ne parvenais pas à les distinguer les unes des autres.

Mon estomac gargouilla, me rappelant de ne pas manquer d'ajouter la faim à la liste de tout ce qui n'allait pas.

Les draps étaient défaits, mais ils étaient toujours là, tout comme les oreillers. Mon unique luxe, un lit qui sentait bon, demeurait à ma disposition. Je voulais m'allonger et dormir, dormir pour toujours. Mais si je cédais à ce désir, alors je souillerais les draps. Parce que j'étais répugnante.

Et furieuse. Contre elles, pour m'avoir traitée ainsi.

Mais contre moi, aussi.

Si j'avais été plus rapide pour l'attaquer, au lieu d'hésiter si longtemps, j'aurais pu être libre à l'heure qu'il était. J'avais enfreint ma propre règle. J'avais gâché ma seule chance de m'évader, par manque de préparation, comme tous ces imbéciles dans les films d'horreur. Je faisais partie de la bande à présent. Une victime de plus. Trop faible pour attaquer ma geôlière quand j'en avais eu l'occasion.

– Non, décidai-je en secouant la tête.

Pas question de m'apitoyer sur mon sort. Je n'étais pas cette fille-là. Je n'étais plus cette fille-là.

Je claudiquai jusqu'à la salle d'eau, allumai la lumière et fermai la porte. Debout devant le lavabo, je n'eus pas un regard pour le miroir. À l'idée de voir une victime dans le reflet, je sentais que je risquais de flancher de nouveau, or je voulais garder la tête froide. Je voulais garder l'espoir de sortir vivante d'ici.

Je bus au robinet, puis m'éclaboussai le visage en serrant les dents. L'eau froide sur mes coupures piqua tout d'abord, puis engourdit légèrement la douleur. Je tirai sur l'élastique de ma culotte et de mon legging pour les faire descendre à mes chevilles, avant de m'en débarrasser en m'aidant de mes pieds. Je les pris entre le pouce et l'index et les lâchai dans le lavabo.

Tournant l'autre robinet, j'attendis que l'eau chaude arrive et pressai plusieurs fois sur la pompe du flacon de savon coco-citron vert. L'eau se mit à mousser.

Une fois le lavabo rempli, je fermai les robinets et enfonçai ma main droite dans l'eau ; celle-ci était bien chaude, sans être brûlante. La chaleur relaxante se diffusait peu à peu dans ma main et mon avant-bras. J'entrepris de pétrir mes habits. Ce n'était pas très efficace de frotter d'une seule main, mais je fis de mon mieux. Le parfum agréable de citron vert et de noix de coco m'aida à me recentrer. Je laissai les habits à tremper et me tournai pour ouvrir la petite armoire. Des essuie-mains roses et des gants à pois orange y avaient été rangés en piles nettes. J'attrapai un gant et le mouillai avant d'ajouter un peu de savon liquide dessus. En espérant qu'il ne m'irriterait pas, je me lavai tout le bas du corps.

Je frottai, frottai, comme si je voulais faire disparaître non seulement l'urine et la saleté des deux derniers jours, mais aussi le souvenir de ces affreuses années.

Je me séchai à l'aide d'un essuie-mains.

Lentement, j'extirpai mon épaule abîmée du pull, que je laissai tomber à terre. Après avoir rincé le gant de toilette, je le passai sur mon visage et sous mes bras, puis m'arrêtai pour me regarder dans le miroir. Mes cheveux en désordre étaient à moitié dressés sur ma tête, comme si je n'avais pas eu le temps de me remettre d'une grosse frayeur. Mon visage était propre, malgré les égratignures sur le côté droit. À gauche, une éraflure me barrait la joue, de la tempe jusqu'à la mâchoire. À l'endroit où Mme Dixon m'avait entaillée, il y avait une trace de sang séché que je n'avais pas bien nettoyée.

Je défis les élastiques de ce qui restait de mes tresses, et les posai sur le bord du lavabo. Doigts écartés, je tâchai de me peigner. En rencontrant un nœud, je grimaçai. Tirer sur mes cheveux n'avait rien de réconfortant, cette fois.

Je frappai le miroir du plat de la main en grondant.

Puis je recommençai, encore et encore, jusqu'à ce que ma paume me brûle. Elles m'avaient poussée à m'arracher les cheveux de nouveau. Et pour ça, je les haïssais. Je les haïssais de m'avoir conduite à de telles extrémités.

Je pris une grande inspiration. Ça n'arriverait plus. Je ne les laisserais plus faire.

Au bout d'un moment et après quelques autres nœuds, mes cheveux étaient enfin lisses et démêlés. Sales et gras à souhait, mais au moins je n'avais plus l'air d'une sauvageonne ou d'un épouvantail.

Je refis couler l'eau et pressai mes habits pour les rincer. Il me fallut un long moment pour faire disparaître toute la mousse ; j'essorai alors le legging, aussi efficacement qu'on peut le faire avec une seule main, avant de le suspendre au porte-serviettes. Je répétai ensuite l'opération avec ma culotte.

Après avoir réglé la température de l'eau, je penchai la tête sous le robinet et me mouillai les cheveux en ajoutant un peu de savon. Impossible de savoir ce que ce shampoing improvisé donnerait comme résultat, mais l'odeur fraîche et fruitée me réconfortait déjà grandement. Je rinçai le tout et me séchai les cheveux avec une autre serviette. Encore un petit coup de peigne avec les doigts ; les mèches humides et froides retombaient à présent sur mes épaules nues.

J'avais très envie de retirer mon débardeur blanc crasseux pour le laver aussi, mais je ne pouvais pas me retrouver toute nue ici. Je ne voulais pas. Je renouai mon pull en écharpe et regagnai le lit, puis j'éteignis la lampe de chevet. La lumière de la salle d'eau était restée allumée. Elle diffusait une lueur rassurante dans la pièce. Je posai la tête sur l'oreiller et fermai les yeux.

Demain. Demain, quelqu'un trouverait ma voiture. On trouverait ma voiture, et mes parents viendraient me chercher. Ou Billy. Ou Rory.

Quelqu'un viendrait.

Mon estomac gargouilla.

En buvant plus d'eau, j'aurais pu me remplir le ventre et apaiser la faim. Mais j'étais à bout de forces, bien trop fatiguée pour me relever. *Faites que je m'endorme, c'est tout.*

Je sombrai.

Un crissement me réveilla. Un crissement métallique, strident, qui me donnait la chair de poule.

Je me redressai. Le bruit provenait de l'extérieur. Je levai les yeux vers la fenêtre. Il y avait de la lumière, mais ce n'était pas celle du soleil. Il faisait encore nuit.

Le crissement cessa, bientôt remplacé par un bruit de moteur qui tournait au ralenti, avec quelques hoquets. Puis de nouveau le crissement, et le moteur qui semblait lui répondre. Le dialogue continua ainsi encore un long moment, jusqu'à ce que le silence revienne.

Un autre moteur démarra alors, plus bruyant. Celui d'une machine bringuebalante qui pétaradait, et dont le bruit allait croissant tandis qu'elle s'approchait de ma fenêtre.

Je sortis du lit pour aller me planter dessous, toujours vêtue de mon seul débardeur et de mon pull en écharpe.

La roue avant d'un tracteur passa devant la vitre, suivie d'une carrosserie verte, puis la roue arrière me boucha la vue.

Je reculai d'un pas pour en voir davantage. Le tracteur poursuivait son chemin ; je vis qu'il tirait quelque chose au bout d'une chaîne. C'était un gros morceau de métal rouge, qui apparut à la fenêtre juste avant que le tracteur ne s'immobilise. Celui-ci continua de ronfler un instant, puis on coupa le moteur et le silence revint.

Je me hissai péniblement sur le lit, tressaillant de douleur tandis que mes mouvements secouaient mon épaule démise. En me tenant à la tête de lit, je me mis debout pour avoir les yeux presque à la hauteur de la vitre. J'agrippai le montant de la fenêtre et, en équilibre précaire, je me dressai sur la pointe des pieds pour mieux distinguer l'extérieur.

L'objet enchaîné au tracteur m'apparut alors.

Bouche bée, je le contemplai avec horreur.

Mon Audi, ma chère Audi avait été coupée en deux et la moitié avant gisait là, devant mes yeux. Elles l'avaient tronçonnée. Elles avaient tronçonné ma voiture.

Presque aussitôt, des larmes me brouillèrent la vue.

Ma voiture ne se trouvait plus au bord de la route. Elle était ici, coupée en deux morceaux, planquée au milieu de nulle part. Un gémissement monta de mes tripes et se transforma en sanglot dans ma gorge.

Personne ne retrouverait jamais ma voiture. Personne ne me retrouverait jamais.

J'étais foutue.

– Non ! braillai-je entre deux hoquets.

Je m'essuyai les yeux et lorgnai de nouveau à travers la fenêtre.

Comme un badaud témoin d'un accident, je ne parvenais pas à détacher mon regard de la scène. Le tracteur immobile, la chaîne, et cet effroyable morceau d'épave attaché au bout.

Y avait-il quelque chose de coincé ? Pourquoi s'était-elle arrêtée là ?

Car, bien sûr, il ne pouvait s'agir que de Mme Dixon. À part elle et sa fille, je n'avais entendu personne d'autre dans la maison. Et son caractère indépendant m'avait frappée ; c'était tout à fait son genre, d'avoir sa propre putain de casse, mais aussi de conduire son propre tracteur, de gérer seule toute une ferme. Quelque chose dans ce goût-là.

Je reniflai en frissonnant, et me détournai de la fenêtre.

Mes hypothèses n'auguraient rien de bon pour moi.

Une femme qui s'occupait de sa propre ferme vivait probablement en autosuffisance, ce qui signifiait qu'on ne voyait pas grand monde par ici. Or les visiteurs, surtout impromptus, constituaient probablement mon seul espoir.

Je ne pus m'empêcher de regarder de nouveau dehors.

Pourquoi s'était-elle arrêtée ici ? Était-ce pour me montrer ce qu'elle avait fait ? Que ma voiture lui appartenait, qu'elle pouvait la mettre en pièces et la cacher à sa guise ? Qu'elle pouvait empêcher qu'on la trouve ? Qu'on me trouve ?

J'essayai de me hisser davantage pour mieux voir.

Une tête apparut derrière la vitre.

Je poussai un cri et lâchai ma prise à la fenêtre. Retombant sur le lit, j'atterris lourdement à plat dos, jambes écartées. La douleur ahurissante dans mon épaule m'accapara entièrement, tandis que je gardais les yeux rivés à la fenêtre, clignant des paupières pour chasser les larmes qui me troublaient la vue.

C'était un homme ; non, un jeune garçon. De mon âge, peut-être un peu plus vieux. Avec de grands yeux noirs qui me reluquaient sans vergogne. La douleur diminua légèrement. C'est alors que, soudain, je me rappelai que j'étais nue à partir de la taille.

Dans un sursaut, je cherchai frénétiquement la couverture de ma main valide. La trouvant enfin, je la tirai pour couvrir ma nudité. Je fixai de nouveau la fenêtre.

Il était toujours là, son visage obstruant presque entièrement le rectangle vitré.

M'avait-il vue ?

Non, il fait trop sombre, bien trop sombre. Il ne m'a pas vue. Il ne m'a pas vue. Il ne m'a pas v...

Lentement, un sourire s'épanouit sur son visage. Il y avait un petit espace entre ses dents de devant. Il se pencha en avant et se mit à lécher la fenêtre, sa grosse langue rose écrasée contre la vitre sale.

Enveloppée dans la couverture, je roulai hors du lit et courus à la salle d'eau, de nouvelles larmes de douleur jaillissant à cause de mes mouvements précipités. D'une main tremblante, j'éteignis la lumière.

Mes genoux flageolaient, et ma respiration bruyante emplissait la petite pièce silencieuse.

Je passai la tête dans l'entrebâillement de la porte. Je distinguais encore sa silhouette, mais plus ses traits. Depuis le sous-sol plongé dans l'obscurité, j'étais sûrement devenue invisible, moi aussi.

Piètre réconfort.

Je reculai au fond de la salle d'eau.

Qui était-ce ? Il savait sûrement que j'étais là. Sinon, pourquoi aurait-il pris la peine de regarder à l'intérieur ?

Le cœur battant, je risquai de nouveau un œil vers l'ouverture.

Il n'y avait plus personne.

Je cessai de retenir ma respiration.

Je m'enfermai dans la salle d'eau et, le dos à la porte, je m'affaissai lentement jusqu'à ce que mes fesses touchent le sol. Je remontai ma couverture jusqu'au menton et soupirai. Je n'avais désormais même plus le luxe d'un lit confortable. Car il était hors de question que je retourne m'installer là où il pouvait me voir. Me mater.

Alors, j'appuyai ma tête à la porte et fermai les yeux en priant pour que le jour se lève vite. Tout irait mieux le lendemain matin. Parce qu'il n'était pas possible que les choses empirent davantage.

11

Au bout d'un long moment, je sombrai dans un sommeil sans rêves. Je m'éveillai le corps raide d'avoir passé la nuit assise par terre. Lentement, je me mis debout et fis couler l'eau froide pour boire au robinet, longuement.

Je tâtai mes vêtements suspendus au porte-serviette ; la culotte était quasiment sèche, mais mon legging était encore très humide. Tant pis, je ne supportais pas l'idée de rester à moitié nue. Je les enfilai à grand-peine en frissonnant, regrettant de ne pas pouvoir porter mon pull.

À la seconde où on viendrait me sauver, je serais plus qu'enchantée de foutre le feu à cette tenue.

À l'étage, une porte claqua. Puis des voix s'élevèrent.

J'ouvris la porte de la salle d'eau et jetai un œil dans la pièce. Rien n'avait bougé.

Je grimpai sur le lit. Dehors, le tracteur était toujours là, de même que la dépouille mutilée de mon Audi rouge. Mais il y avait quelque chose de nouveau.

Quelque chose de bleu, devant le tracteur. D'un pied, je rapprochai l'oreiller pour monter dessus et me hisser d'un bon centimètre supplémentaire, espérant élargir mon champ de vision.

C'était l'arrière d'une voiture bleu marine. Je distinguais les roues, les grandes bandes jaunes qui étaient peintes juste au-dessus et…

– Oh mon Dieu !

Les seules voitures qui ressemblaient à ça étaient…

Des voitures de police. La police était là !

Quelqu'un descendit bruyamment l'escalier.

Aussi vite que possible, je tombai à genoux sur le lit, grimaçant de douleur. Je m'assis jambes tendues, le dos appuyé contre la tête de lit.

Clic !

La porte s'ouvrit brutalement.

– Va dans la salle d'eau, gronda Mme Dixon, presque comme une bête sauvage.

– Pourquoi ?

– Tu y vas, c'est tout, répliqua-t-elle avec un geste d'impatience.

Elle s'approcha de moi à grands pas et saisit mon bras valide pour m'aider à me mettre debout. J'essayai de suivre le mouvement, mais j'étais très affaiblie. Comme je n'allais pas assez vite à son goût, elle me traîna à moitié jusqu'au lavabo et me planta là.

Je me retournai vers elle.

– Pourquoi vous…

Elle me claqua la porte au nez et siffla :

– Reste là et ne fais pas de bruit, ou tu auras affaire à moi.

Ses pas s'éloignèrent, et la porte du sous-sol claqua à son tour.

Je m'assis sur les toilettes. Je pouvais me mettre à crier tout de suite. Est-ce que ça servirait à quelque chose ? Où que le policier se trouve, dans le jardin ou ailleurs, les épais murs de ciment du sous-sol l'empêcheraient sans doute d'entendre quoi que ce soit.

Au-dessus de ma tête, j'entendais à présent d'autres voix. Et l'une d'elles était suffisamment grave pour appartenir à un homme.

Je me fichais bien de ce que Mme Dixon allait me faire ; il fallait que je prenne le risque. Je sortis de la salle d'eau et me ruai sur la porte que je martelai du plat de la main.

– Ohé ! Laissez-moi sortir ! criai-je de toutes mes forces, avant de me taire pour voir si quelqu'un venait.

Personne.

Je hurlai de nouveau, et ne m'interrompis que pour reprendre mon souffle.

Entendais-je des pas ?

Je courus m'enfermer dans la salle d'eau et m'appuyai contre la porte.

Une seconde plus tard, elle s'ouvrait si violemment que je faillis tomber. Mme Dixon me repoussa brutalement tout au fond de la pièce.

– Je t'avais dit de te taire !

– Peg ? Qu'est-ce qui se passe ? appela un homme depuis l'extérieur.

– Rien, dit-elle en fermant la porte.

– Au secours ! À l'aide ! Elle m'a enfermée ici ! m'égosillai-je.

D'autres pas, plus lourds. La porte s'ouvrit en grand.

Je tombai à genoux.

Un officier de police en uniforme, revolver à la ceinture, se tenait devant moi. Il était grand, ses cheveux noirs tondus court. À sa main gauche, posée sur la porte, une alliance en argent.

Ses yeux s'écarquillèrent.

– Enfin ! m'écriai-je. Elle me garde prisonnière ici ! C'est elle qui m'a fait ça ! clamai-je en montrant mon visage. Et sa fille m'a frappée avec un bâton ! Je veux rentrer chez moi et…

Il me quitta des yeux en se tournant lentement vers ma ravisseuse.

– Nom de Dieu, Peg. Qu'est-ce que tu as fait ?

Debout, bras croisés, elle secoua lentement la tête. Pas exactement le langage corporel d'une criminelle qui venait de se faire attraper par un représentant de la loi.

– Peg ? Tu as quelque chose à dire ? s'enquit-il en fronçant les sourcils.

Elle tendit la main devant lui et ferma la porte. Je tirai sur la poignée pour la rouvrir.

– Au secours ! Sortez-moi de là ! Arrêtez-la !

Mais la porte ne bougea pas d'un centimètre, alors je collai mon oreille dessus.

Le policier semblait fâché.

– Qu'est-ce que c'est que ça ? Qui est cette fille ? On dirait qu'elle s'est fait tabasser.

– Elle a eu un accident de voiture. On l'a amenée ici pour l'aider.

– Arrête ton char. Elle n'a pas l'air d'être ici de son plein gré.

– C'est d'elle que je t'ai parlé.

Qu'est-ce que ça voulait dire, ça ?

Est-ce que Mme Dixon – Peg – l'avait appelé suite à l'accident ? Mais alors, pourquoi n'était-il pas venu me porter secours ?

– Tu sais que je ne vais pas pouvoir fermer les yeux là-dessus, dit-il.

Est-ce qu'ils étaient mariés ? Il ne pouvait pas la laisser me séquestrer, n'est-ce pas ?

Mais Peg répliqua :

– Oh que si, tu vas fermer les yeux. Tu ne vas rien dire à personne.

Un frisson me glaça l'échine.

– Peg, tu te doutes que je dois faire un rapport…

– Je vais tout lui raconter. Je vais le faire. Je vais appeler ta femme et lui dire, pour nous deux.

Je retins ma respiration.

Le flic était bien marié. Mais pas à elle. Peg était sa maîtresse, et il n'allait parler de moi à personne, sinon elle dirait tout à sa femme.

Je cognai à la porte.

– Je vous en prie ! Vous ne pouvez pas la laisser faire ça ! Je m'appelle Olivia Flynn ! Tout le monde va me chercher !

Je perçus des murmures, suivis de pas qui remontaient vivement l'escalier.

– Ohé ! Ne partez pas ! Faites-moi sortir !… Revenez !

J'appuyai mon front contre la porte.

C'est pas vrai.

Un instant plus tard, la voiture de police démarrait.

Je me laissai tomber sur les toilettes. Mon visage se déforma sous les sanglots qui me secouaient, si violemment que mon épaule me faisait encore plus souffrir. Si même un officier de police ne me sortait pas de là, qui le ferait ?

Je sursautai quand Peg ouvrit brusquement la porte de la salle d'eau.

– Vous n'avez pas le droit de me garder ici ! Il va sûrement vous dénoncer ! explosai-je.

– Mais non, sourit-elle.

– C'est un policier ! Il va faire son devoir ! braillai-je.

Peg éclata de rire.

– S'il pense avec sa tête, peut-être. Mais crois-moi, ma chérie, ce n'est pas avec sa tête qu'il pense. Les hommes sont tous les mêmes.

Je la fusillai du regard.

– Vous êtes horrible !

Son sourire s'évanouit.

– Je ne suis pas horrible.

– Vraiment ? m'exclamai-je avec un éclat de rire amer. Attendez… D'abord vous me kidnappez et vous me séquestrez ici. Et en plus, vous sortez avec un homme marié ! grinçai-je en levant les yeux au ciel.

Peg me gifla si violemment que le bruit résonna dans la salle d'eau.

Je reculai en chancelant sous la force du coup et portai la main à ma joue brûlante.

– TU n'as pas le droit de juger. TU n'as aucun droit. TU ne sais pas ce que c'est, vociféra-t-elle en dressant l'index vers moi.

– Hein ? marmonnai-je, ahurie.

Même après tout ce qu'elle avait déjà fait, je restais stupéfaite qu'elle ait osé me frapper.

– Tu ne sais pas ce que c'est que d'être à ma place. De tout faire bien, de respecter les règles du jeu, et de te faire plaquer par ton mari, dit-elle en secouant la tête d'un air morne – elle ne criait plus. Et Ritchie, ajouta-t-elle en pointant le doigt vers le plafond, lui, il est l'une des rares bonnes choses qui me soit arrivées dans la vie. Sa femme est un monstre. Il n'aurait jamais dû l'épouser. Mais s'il la quitte, elle lui prendra tout ce qu'il possède.

– Surtout s'il la trompe.

Peg haussa une épaule.

– Donc il ne dira à personne que vous me gardez prisonnière chez vous.

J'eus l'impression de recevoir une seconde gifle en réalisant cela. J'étais complètement à côté de la plaque quand j'avais espéré que ce flic – Ritchie – allait faire son devoir.

– Exactement, dit-elle en posant les mains sur ses hanches. Si tu crois qu'il va venir te sauver, tu te fourres le doigt dans l'œil. Il doit s'assurer que sa femme est heureuse. (Elle haussa les sourcils.) Et moi, je vais m'assurer qu'il soit heureux.

Je ne voulais surtout pas de détails à ce sujet. Je passai devant elle pour aller m'asseoir sur le lit.

– Je sais ce que vous avez fait à ma voiture, dis-je après avoir jeté un coup d'œil vers la fenêtre.

– Eh oui. On ne pouvait pas la laisser en travers de la route. C'était dangereux pour la circulation. Dommage que plus personne ne puisse la voir, ajouta-t-elle en souriant. Je veux dire, j'imagine que tu comptais là-dessus.

Je lui lançai un regard mauvais.

Elle s'avança vers la porte et posa la main sur la poignée, prête à partir. Mais alors, suspendant son geste, elle se retourna vers moi.

– Tout ça est tellement… sans espoir, pour toi. (Elle haussa les épaules.) C'est à s'arracher les cheveux, tu ne trouves pas ?

Elle se glissa au-dehors et referma la porte.

Le cadenas cliqueta avant que j'aie pu relâcher ma respiration.

Elle sait.

Je me réfugiai dans le lit, sous les draps.

Elle sait. Elle sait. Elle sait.

Peg était au courant, pour ma trichotillomanie. Ce qui voulait dire qu'elle avait trouvé mon journal intime. Elle ne pouvait pas l'avoir appris autrement.

Mon regard se posa sur la fenêtre. Il y avait une salissure dessus, la trace dégoûtante d'une langue qui s'était écrasée là. Je frémis et me recroquevillai sous les draps.

D'où sortait ce garçon que j'avais vu à la fenêtre ? Allait-il revenir ? Devais-je également m'inquiéter à son sujet ?

J'avais déjà bien assez de soucis comme ça.

Un policier avait débarqué ici et, apprenant que j'étais retenue contre mon gré, n'avait rien fait. Ce salopard ne m'aiderait pas. Et ma voiture, ma pauvre voiture massacrée. Elle qui aurait pu conduire les enquêteurs jusqu'à moi, et qui n'était désormais plus d'aucune utilité.

Et à présent… Peg avait découvert mon journal intime. Tous mes secrets.

Repliée sur moi-même, je me mis à me balancer d'avant en arrière sans m'en rendre compte.

Je suis foutue. Complètement, absolument foutue.

12

Je demeurais terrée dans ma caverne, les yeux rivés à la paroi de drap blanc à quelques centimètres de mon visage, exhalant bruyamment mon haleine puante d'angoisse dans mon petit refuge pathétique.

À l'étage, j'entendis une porte se fermer, puis des voix s'élever. Celles de Peg et de la Flûte.

Clac.

Une portière de voiture ?

Clac.

Une autre.

La voiture démarra. Le bruit des gravillons sous les pneus quelques secondes. Celui du moteur qui s'estompa peu à peu, jusqu'à ce que le silence soit revenu. Étaient-elles parties toutes les deux ?

Lentement, je soulevai un repli de mon cocon et regardai d'abord par la fenêtre pour m'assurer que j'étais bien seule. Ne voyant pas d'abruti occupé à me reluquer, je poussai un petit soupir de soulagement.

J'allai coller mon oreille à la porte. Rien. Étaient-elles vraiment parties ?

Où ça ?

On était le matin. Je fis rapidement le décompte des jours dans ma tête.

Dimanche. Se rendaient-elles à l'église ?

Je levai les yeux au ciel à cette idée.

Je tournai la poignée de la porte. Rien.

Je la secouai et poussai plus fort. Rien.

En dépit de son aspect minable, elle ne cédait pas. Clairement, je n'irais pas plus loin.

– Je ne pourrais pas avoir un tout petit peu de chance, pour changer ?

Je me retournai pour étudier la pièce plus attentivement. Il devait bien y avoir quelque chose qui m'avait échappé. Quelque chose qui pourrait m'aider à m'enfuir. Le moment était idéal, à présent que j'étais seule, pour explorer les lieux de fond en comble sans craindre d'alerter quiconque.

Je m'approchai de la table et soulevai le couvercle de l'une des boîtes de rangement en plastique. Il y avait de petits flacons de peinture et quelques pinceaux à l'intérieur, ainsi que des tampons de scrapbooking, semblables à ceux que ma mère possédait. Non qu'elle s'en soit jamais servie, pensez-vous. Mais quand le scrapbooking était à la mode, elle avait acheté tout l'attirail, au cas où elle aurait eu envie de s'y mettre.

Je continuai de fouiller, espérant mettre la main sur une paire de ciseaux oubliée. Peut-être même un cutter ? Je haussai les sourcils. *Ouais... Ce serait une arme d'enfer.* Il y avait aussi toute une pile de feuilles dans la caisse. L'une d'elles était recouverte d'un arc-en-ciel de couleurs pastel, rose, bleu et vert.

Nous faisions ce genre de choses en cinquième, au cours d'arts plastiques. Tout d'abord, il fallait projeter des gouttelettes de colorant alimentaire sur des feuilles de papier absorbant. Les taches de couleur allaient s'élargissant et se mêlaient les unes aux autres. Il fallait laisser sécher une journée, puis poser une feuille de papier ciré par-dessus et repasser le tout. Notre professeur nous aidait, bien sûr ; il aurait été malvenu de laisser une bande de gamins de douze ans s'amuser avec des fers à repasser brûlants sans surveillance. Mais on obtenait au final de jolies choses qui ressemblaient à du papier artisanal.

Peg laissait-elle la Flûte seule avec un fer à repasser ?

Je lâchai la feuille sur le dessus de la pile, refermai la caisse et en ouvris une autre. Il n'y avait que des livres dans celle-là. J'en pris un et regardai la couverture.

À la poursuite des sorcières, de J.M. Cutler.

Je grognai presque malgré moi.

– Sans déconner ?

Parmi tous les livres du monde, il avait fallu que je me retrouve enfermée ici avec celui-là, précisément ?

Ce roman pour jeunes adultes était paru environ six mois après la sortie de *La Conjuration des sorcières*, le premier tome de ma trilogie. Nous avions constaté assez de similitudes entre les deux textes, ma mère et moi, pour envisager de faire un procès à l'auteur ; Billy m'en avait cependant dissuadée.

Mais enfin, franchement. Deux gosses partis à la recherche de leur mère disparue, piégée dans la pierre précieuse d'un collier ? Qui devaient retrouver toutes les pierres manquantes pour reconstituer le collier et libérer leur mère ?

Cette histoire ressemblait à s'y méprendre à la mienne, à cela près que mon personnage était piégé dans des livres. C'était plutôt bien écrit, mais bonjour le plagiat.

Mon livre se trouvait déjà dans la liste des meilleures ventes du *New York Times*, et Billy estimait que cela paraîtrait mesquin de ma part d'engager une action en justice ; je donnerais une image plus flatteuse de moi-même en ignorant toute l'affaire. Mais j'avais décidé d'écrire un article à ce sujet sur mon blog.

Suite à cet article, mes fans s'étaient légèrement enflammés, s'acharnant sur J.M. Cutler le plagiaire, inondant les sites littéraires de violentes critiques de son livre. J'étais un peu embêtée par les proportions que cette histoire avait prises. Mais J.M. Cutler n'avait jamais répondu, ni réfuté quoi que ce soit. D'après Billy, J.M. Cutler était sans doute un pseudonyme, un écrivain fabriqué par un éditeur en quête d'un coup.

Je laissai tomber le livre dans la caisse et fis rapidement l'inventaire de son contenu. Il y avait surtout des romans pour jeunes adultes. J'en connaissais la plupart, car j'aimais rester au courant de ce que faisait la concurrence. Au moins, j'avais de quoi m'occuper si je m'ennuyais. Je remis le couvercle en place sur la caisse. Des livres, des fournitures d'art… Si on mettait de côté la faim, la douleur et la torture psychologique, ce séjour en captivité commençait presque à ressembler à un camp de vacances.

Je levai les yeux au ciel. Je pouvais me plonger dans un roman, me mettre à la peinture, voire fabriquer comme au bon vieux temps du papier arc-en-ciel si l'envie me prenait de…

Une pensée subite me traversa l'esprit.

J'arrachai le couvercle de la première caisse, celle où j'avais trouvé le papier arc-en-ciel. Fébrilement, je fouillai toute la pile. Rien. Rien d'autre que des feuilles toutes bêtes.

– Où est-ce qu'il est ?

Je repoussai la caisse et m'attaquai à la troisième, la seule que je n'avais pas encore ouverte.

– S'il vous plaît. Faites qu'il soit là.

Je cherchais le papier ciré. Les rouleaux de papier ciré étaient vendus dans des étuis en carton avec une réglette de coupe intégrée, particulièrement tranchante.

Je soulevai le couvercle.

– Oui !

S'il y avait eu des nuages dans ce sous-sol, ils se seraient dissipés à cet instant pour laisser apparaître un chœur céleste qui aurait entonné un « Alléluia ! » à pleins poumons. Car un rouleau de papier ciré Cut-Rite se trouvait là, rangé dans son dévidoir de carton bleu. Pour la première fois depuis des jours, la roue tournait en ma faveur.

Je plongeai dans la caisse pour en sortir l'étui, et le tournai pour trouver le côté tranchant. L'avertissement me fit hausser les sourcils. *Attention : la réglette de coupe est tranchante.*

Un sourire s'épanouit sur mon visage.

Une autre inscription déclarait : *Votre assistant préféré en cuisine.*

– Oh, mon pote, si tout se passe bien, tu seras mon assistant pour une tâche bien plus machiavélique que la cuisson des cookies.

Prudemment, je déchirai le bord du carton auquel était fixée la réglette de coupe. Telle quelle, elle était beaucoup trop longue pour m'être utile à quoi que ce soit. J'entrepris donc de plier et de déplier le métal pour en détacher un segment de la bonne taille, que je pourrais facilement dissimuler.

La bande de métal finit par se casser en deux.

Je souris et fourrai le surplus dans l'étui avec le rouleau, avant de le reposer dans la caisse en plastique et de le recouvrir avec une pelote de laine rouge. Je fermai le couvercle de la caisse et la rangeai, soigneusement alignée avec les deux autres, pour qu'elles ne semblent pas avoir été fouillées.

La caisse de livres me tentait bien. Terriblement, même. Mais si elles me voyaient lire, elles se douteraient que j'avais fureté un peu partout. Elles vérifieraient peut-être que je n'avais rien pris d'autre.

Je ne pouvais pas me le permettre. De retour sur le lit, je glissai la fine bande de métal et de carton entre le matelas et le sommier, l'enfonçant juste assez pour qu'elle ne dépasse pas. Puis je glissai mes doigts dans l'interstice pour vérifier. Le morceau de réglette était juste là, à portée de ma main valide.

D'accord. C'est bien.

Sans regarder, j'avançai la main vers le matelas et sortis la réglette à tâtons, puis la remis à sa place. Je recommençai. Plusieurs fois. Jusqu'à ce que mon corps ait mémorisé précisément sa position.

J'avais été inspirée de laisser le morceau de carton attaché au métal, sans quoi j'aurais eu du mal à ne pas me blesser moi-même avec mon arme. Après l'avoir manipulée un moment, je déterminai ma meilleure prise, entre le pouce et l'index. Puis je m'entraînai à taillader un ennemi imaginaire devant moi.

Ce n'était pas une arme extraordinaire, mais elle pourrait me faire gagner quelques secondes. J'avais besoin d'un petit temps d'avance pour franchir cette porte. Et si je parvenais à sortir d'ici, je pourrais trouver de l'aide. J'en avais la conviction.

Je rangeai mon arme et m'adossai à la tête de lit. Mon estomac criait famine.

Je me rallongeai et me roulai en boule sous les couvertures.

Je me fichais désormais d'être tenaillée par la faim. Ma faim me nourrissait, alimentait ma rage. Car je n'étais plus une victime. D'une manière ou d'une autre, j'allais me tirer d'ici.

* * *

J'avais dû m'assoupir. J'entendis toquer à la fenêtre.

Étaient-elles revenues sans que j'aie entendu la voiture ? Était-ce la Flûte, qui avait trouvé un nouveau moyen de me harceler ?

Mon rythme cardiaque s'accéléra tandis que mon regard se tournait vers la fenêtre.

J'eus un hoquet de terreur. Le garçon était de retour, le garçon de la nuit dernière, il était là. Il avait des cheveux bruns coupés court, des yeux sombres, et un sourire de gros pervers. Mon corps entier en fut électrisé. Je quittai hâtivement le lit pour courir me réfugier dans la salle d'eau, et claquai la porte derrière moi. Je m'y adossai, le cœur cognant comme un fou dans ma poitrine.

Oh mon Dieu !

C'était la première fois que je désirais que Peg revienne. Même la Flûte aurait fait l'affaire. Mais je ne voulais pas rester seule avec *lui*.

Une minute plus tard, j'entendis une porte à l'étage, puis le plafond grinça. Je posai l'oreille contre la porte de la salle d'eau.

Quelqu'un descendait l'escalier, d'un pas plus lourd que celui de Peg ou de la Flûte.

Il descend ici.

BANG !

Je sursautai, haletante.

Il avait donné un coup de poing dans la porte. Ou un coup de pied. Je l'entendis ensuite secouer la poignée. Il marmonna quelque chose, peut-être un juron, que je ne saisis pas.

Il continuait de s'acharner sur la poignée.

Mon cœur menaçait de faire exploser ma cage thoracique.

Et s'il réussissait à entrer ? Il n'y avait pas de verrou sur la porte de la salle d'eau.

Je pouvais aller chercher mon arme sous le lit, bien sûr. Mais serait-elle d'une quelconque utilité face à un type pareil ? Je n'avais vu que son visage, mais j'imaginais qu'il fallait être assez costaud pour découper une voiture. Quant à moi, j'étais tellement diminuée que même ma grand-mère aurait pu me mettre la pâtée.

Je l'entendis s'agacer :

– Elle est où ?

Que cherchait-il ?

Il donna un nouveau coup contre la porte.

– Je vais trouver la clé, et puis je vais venir ici ! cria-t-il.

Je déglutis. La clé.

– S'il vous plaît, s'il vous plaît, faites que Peg l'ait prise avec elle, murmurai-je.

Le silence se fit.

Puis il m'apostropha :

– Alors, qu'est-ce que tu fais, Ô-li-via ?

Il connaissait mon nom.

Je détestais la manière dont il l'avait prononcé. Je retins mon souffle, espérant qu'il se découragerait face à mon mutisme.

Il m'appela de nouveau, en chantonnant presque :

– Ô-li-viaaa, qu'est-ce que tu faiiis ?

Mes poils se hérissèrent.

Il frappa quelques coups enjoués à la porte.

Toc-toc-toc-toc, toc-toc.

Je frémis.

– Je vais venir ici. Tôt ou tard, Ô-li-viaaa…

Je m'accroupis et me recroquevillai, serrant mon bras valide autour de mes genoux.

– Petit cochon, petit cochon, laisse-moi entrer dans ta maison.

Par la barbiche de mon petit menton, va te faire foutre espèce de sale con.

– Ouvre-moiii, insista-t-il, en reprenant son gazouillis terrorisant. On va bien s'amuseeer…

Mon menton se mit à trembler.

Une larme roula sur ma joue. Je l'essuyai d'un revers de la main.

– Arrête ça, me chuchotai-je. Il ne peut pas entrer.

Peg était prévoyante, il me fallait bien lui reconnaître cette qualité. Ma prison était sécurisée.

– Quelle conne, cette Peg. Elle m'avait dit que je pourrais m'amuser, gronda-t-il en donnant un autre coup dans la porte.

– Va-t'en, murmurai-je.

Mais il ne bougeait pas.

– Je suis un mec sympa, en fait. Juré.

J'avais quelques doutes raisonnables à ce sujet.

– On pourrait jouer aux échecs.

Mais bien sûr.

C'était bizarre ; sa voix m'était presque familière. Peut-être me rappelait-elle celle d'un acteur entendu à la télévision, ou au cinéma.

Ma respiration était courte, hachée.

Tout à coup retentit une explosion de musique, incroyablement forte, accompagnée d'une voix d'homme qui gueulait des paroles incompréhensibles. Par réflexe, je voulus coller mes mains contre mes oreilles, oubliant mon épaule démise qui me fit hoqueter de douleur. La voix du chanteur était rauque, les percussions, endiablées, les basses, retentissantes. Mon cœur s'affola.

Je me levai pour attraper une serviette de toilette et l'enroulai autour de ma tête.

Le volume de la musique augmenta, s'insinuant plus profondément en moi.

– Arrête ! hurlai-je.

Il y avait deux portes entre lui et moi, et il parvenait malgré tout à me vriller les tympans. Comment était-ce possible ?

Il y eut quelques coups légers au carreau. J'ignore comment je parvins à les percevoir sous le déluge de décibels. J'entrouvris la porte, juste assez pour le voir derrière la fenêtre.

Son sourire s'élargit dès qu'il m'aperçut. Il m'adressa un rapide salut de la main, puis il disparut.

Parti. Il était parti.

Je courus jusqu'au lit chercher un oreiller, puis retournai vivement à la salle d'eau. Je refermai la porte qui étouffait à peine le son. Il était parti en laissant la musique à fond, les basses si puissantes que je sentais mon corps vibrer. Je baissai l'abattant des toilettes et plaçai l'oreiller dessus. Puis je m'agenouillai et enfonçai l'oreille gauche dedans avant de lever le bras pour maintenir la serviette pressée contre mon oreille droite.

Mais le son s'immisçait toujours en moi, sous ma peau, dans ma poitrine, faisant battre mon cœur si fort que je ne parvenais même plus à réfléchir. Ce n'est pas que j'y tenais particulièrement, cela dit.

Parce que dès que je parvenais à former une pensée, c'était toujours la même : combien de manière différentes de me torturer ces tarés allaient-ils inventer ? Et qu'avais-je donc bien pu faire pour mériter ça ?

13

Le bruit assourdissant semblait secouer tout mon être comme une créature infernale. Je restais prostrée. Je sentais poindre des crampes dans mon dos et dans mes jambes, mais je ne voulais pas faire le moindre geste. Découvrir mes oreilles ne serait-ce qu'une seconde était absolument hors de question. Mes reins me faisaient un mal de chien, sans parler de mon épaule démise. Il fallait que je me redresse. Il fallait que je…

Silence.

Je n'osais pas y croire. Lentement, j'ôtai la serviette de ma tête.

Mes oreilles sifflaient, j'avais mal au crâne. Mais la musique s'était tue.

Était-ce un piège ? Remettrait-il le son à fond à l'instant où je songerais que c'était fini ? Histoire de s'amuser à mes dépens, jusqu'à me rendre complètement marteau ?

Je me crispai, prête à replonger sous la serviette à tout moment.

Clic !

La musique avait-elle été un moyen de détourner mon attention, le temps qu'il réussisse à ouvrir la porte ?

Je rampai jusqu'à celle de la salle d'eau. J'avais des fourmis dans les jambes, d'être restée si longtemps dans la même position.

Il n'entrerait pas ici. Je ne le laisserais pas faire.

Je retins mon souffle, me préparant à le contrer derrière la porte. J'aurais dû sortir chercher mon arme. Pourquoi est-ce que je ne l'avais pas prise, bon sang ?

– Tu peux sortir. J'ai éteint cette merde.

Peg.

Mes poumons expulsèrent d'un coup le trop-plein d'air.

J'étais réellement heureuse d'entendre sa voix. Bien sûr, elle était mon ennemie, mais j'avais plutôt confiance dans le fait qu'elle n'était pas capable de…

Enfin, disons que je me sentais prête à subir tout ce qu'elle pouvait m'infliger, bien plus que le sort, quel qu'il fût, que me réservait ce garçon. Je m'aperçus pour la première fois que je considérais Peg davantage comme ma protectrice que comme ma geôlière. C'était une idée dangereuse, je le savais. Mais elle m'aiderait peut-être à survivre.

Je tournai la poignée et ouvris la porte.

Peg était devant moi, dans une robe à fleurs bleues qui mettait sa silhouette en valeur. Ses cheveux étaient relevés en chignon. Ma parole, si elle ne m'avait pas kidnappée, j'aurais juré qu'elle était une personne parfaitement normale, une bonne chrétienne de retour de l'église. Quelqu'un qui cuisinait des tartes pour la fête du quartier, la voisine à qui on confiait un bébé le temps d'une course.

– Ça n'aurait pas dû arriver, dit-elle.

Venait-elle de s'excuser ?

Elle ne paraissait pas vraiment contrite. En fait, elle avait même l'air assez satisfaite.

– Qui est-ce ? demandai-je, sans m'attendre à ce qu'elle me réponde.

– C'est mon cousin, dit-elle en secouant la tête, comme si ça n'avait pas d'importance. Il vit... pas loin d'ici. Il me donne un coup de main de temps à autre.

Son cousin ?

– C'est lui qui a traîné ma voiture jusqu'ici...

Je ne posais pas vraiment la question.

– Et qui l'a mise en pièces, confirma-t-elle, avant de hausser les épaules. Il est doué pour ce genre de choses.

Je ne souhaitais pas m'attarder sur la liste de ses compétences. Rassemblant mon courage, je lançai :

– Je ne veux pas qu'il s'approche de moi.

– Je me fiche de ce que tu veux ou pas, dit-elle en plissant les yeux.

– Vraiment ? Ça ne vous gêne pas qu'il me torture ? demandai-je en sentant le rouge me monter aux joues. Parce qu'il faudra rendre des comptes pour tout ça, dis-je en haussant le ton. Tôt ou tard.

– Il est inoffensif, répondit Peg d'un ton neutre, presque las. Tiens, ajouta-t-elle en me tendant un sac en papier blanc que je n'avais pas encore remarqué.

Je ne bougeai pas.

Elle leva les yeux au ciel.

– Très bien, je le garde si tu n'en veux pas.

Je lui pris le sachet des mains. Il était plus lourd que je ne pensais, et je manquai le lâcher.

Elle haussa les sourcils et eut un sourire narquois.

– Eh bien, on ne dit pas merci ?

– Merci, murmurai-je.

Elle tourna les talons et quitta la pièce.

Clic.

Les articulations toujours raides, je claudiquai jusqu'au lit et m'y assis. Je posai le sac à côté de moi et le contemplai en me massant la jambe.

Il semblait provenir d'une boulangerie.

Pouvais-je faire confiance à Peg ?

Contenait-il quelque chose à manger ?

Absolument, c'était tout à fait possible.

Mais je pouvais aussi tomber sur un écureuil égorgé, ou sur un autre truc dégueulasse du même style.

Je soupirai. J'avais vu ça dans les films, aussi.

Mon estomac gargouilla, je salivais.

Ça leur ressemblait bien, de faire quelque chose d'encore plus méchant et tordu que tout ce qu'ils avaient fait jusque-là.

Je posai la main sur l'ouverture repliée du sac.

– Tu ne sais pas ce qu'il y a dedans.

J'humectai mes lèvres.

Incapable de me retenir, je le dépliai et fermai les yeux.

– Bon. À trois. Un. Deux.

Pitié, pitié, pitié…

– Trois.

Je risquai un œil à l'intérieur du sac.

Il contenait deux donuts au sucre et une petite brique de lait.

– Oh mon Dieu !

Je mordis dans un donut, moelleux et sucré à souhait, et engloutis ce premier morceau presque sans le mâcher. Une bouchée, puis une autre. En quelques secondes, il avait disparu.

– Mmmmmmh.

Il me restait du sucre sur les lèvres et sur les doigts. Je léchai consciencieusement le tout. Puis je calai la brique de lait entre mes jambes et l'ouvris d'une main tremblante. Je la portai à ma bouche et bus plusieurs lampées avant de réussir à m'arrêter.

– Ralentis, m'ordonnai-je en reposant la brique.

Je ne savais pas quand on m'apporterait de nouveau à manger. *Si* on m'apporterait de nouveau à manger. Lentement, je refermai le sac, en suivant la pliure. Puis je le posai au bout du lit.

Voilà. Je garderais l'autre donut pour plus tard.

Mon regard se posa sur la brique de lait. Le lait tiède, c'était dégoûtant. Je renversai la tête en arrière et vidai la brique d'une traite, en la secouant pour ne pas en perdre une goutte. J'avalai, puis émis un rot quelques instants plus tard. Je n'avais pas franchement l'estomac rempli ; j'étais tout juste calée, pour un petit moment.

Je dévorai le sac blanc du regard pendant plusieurs minutes. Puis je m'allongeai et me roulai en boule sous les couvertures. Une sieste. Voilà qui m'aiderait à me sentir mieux. Et c'était réconfortant d'avoir mangé un petit quelque chose, même si ce n'était pas suffisant.

J'essayai de me laisser aller.

Et s'ils entraient pendant mon sommeil ? S'ils reprenaient le donut ?

Je rouvris brusquement les yeux. J'attrapai le sac et le serrai contre mon cœur. Le papier crissait à chacun de mes mouvements. J'aimais l'entendre, le savoir là. J'aimais savoir que j'avais quelque chose à moi, rien qu'à moi.

Quelle ironie. Parce que dehors, dans le vrai monde, ouais, j'avais plein de choses à moi. La plupart des gens m'auraient trouvée matérialiste, à raison. Je possédais des tonnes de trucs.

Peg ne savait pas de quoi j'étais capable. Quand je sortirais d'ici, je donnerais une interview au « Today Show ». Je les massacrerais, elle, son cousin de malheur et la Flûte. Le pays entier serait désolé pour moi, de tout cœur avec moi, écouterait mon histoire avec attention. Et je la raconterais bien volontiers.

Oh oui, et plutôt deux fois qu'une.

Le magazine *People* voudrait une exclusivité. Je serais en couverture ! Je pouvais aussi en faire un livre. Écrire un témoignage poignant. Billy m'aiderait à gagner un max de fric avec cette histoire, j'en étais persuadée.

Il me fallait simplement prendre mon mal en patience, et réussir à sortir d'ici.

J'entendais les grincements du parquet au-dessus de ma tête, les voix étouffées de Peg et de la Flûte. La tension dans ma nuque commençait à se relâcher.

Je trouvais leurs voix *rassurantes*, maintenant ? Vingt-quatre heures plus tôt seulement, elles me mettaient hors de moi. Sauf qu'entre-temps j'avais découvert que j'étais potentiellement exposée à bien pire que Peg et la Flûte. Et tant que ces deux-là étaient dans la maison, le garçon ne pourrait pas venir me voir.

Mais plus je restais dans ce sous-sol, plus la probabilité augmentait qu'il finisse par trouver un moyen d'entrer quand elles seraient parties.

Combien de temps allaient-elles me garder là-dedans ?

Je sortis la main de sous les draps et glissai mes doigts entre le matelas et le sommier.

Ils effleurèrent l'extrémité de la lame. Je les laissai là quelques secondes, appuyés contre le métal acéré. J'étais sûre qu'en y mettant toute ma force je pouvais faire couler le sang avec mon arme.

Satisfaite, je retirai ma main.

Quoi qu'il puisse arriver ensuite, au moins j'étais armée pour faire face.

Je ne serais plus paralysée par la terreur. C'était terminé.

14

Mon étreinte froissait le sac en papier blanc de la boulangerie. J'étais si épuisée que j'aurais dû sombrer immédiatement. Mais le sommeil ne venait pas.

Je soupirai et roulai sur le dos, puis gardai les yeux fixés au plafond. Je posai le sac sur mon ventre. Au moins, avec ma lame cachée juste là, à portée de main, je me sentais un peu plus forte. Je ne contrôlais certes pas vraiment la situation, mais ce n'était qu'une question de temps. Tôt ou tard, Peg commettrait une erreur, et je passerais à l'action.

Et alors, une fois que je serais sortie de là…

Eh bien ? Qu'allais-je faire ? Reprendre ma vie là où je l'avais laissée ?

Les livres. Les contrats d'adaptation au cinéma. Le départ à l'université.

Après cet accident de parcours, ce que je désirais par-dessus tout, c'était rentrer à la maison, et y rester. Quoi de plus normal ?

Sans doute devais-je aller à la fac, me faire des amis.

Mais je n'avais pas envie de me retrouver dans un endroit inconnu. Je n'avais pas envie de parler avec des étrangers. Je voulais être chez moi.

Je déglutis.

Je ne veux plus jamais sortir de chez moi.

Était-ce la vérité ?

Je me grattai la tête. J'étais pourtant si enthousiaste à l'idée de partir à l'université. J'avais déjà choisi les cours que je voulais suivre ; ma chambre m'attendait, dans la plus belle résidence du campus. Tout avait l'air parfait.

Si seulement.

Si j'y réfléchissais vraiment, est-ce que je le sentais bien, ce départ ?

Ou bien l'avais-je préparé parce que c'était ce qu'on attendait de moi ?

Souhaitais-je réellement aller à la fac, ou était-ce plutôt le désir de mes parents ? Qu'est-ce que je voulais, *moi*, en fait ?

Tout d'abord, je voulais sortir de cet enfer en sous-sol, bien sûr. Ensuite, je voulais faire payer Peg et la Flûte pour tout ce qu'elles m'avaient fait endurer.

Je soupirai.

D'accord. Mais après ?

Rentrer chez moi, finir mon roman, préparer mes valises pour la fac.

– Je ne veux pas aller à la fac.

Je mis la main sur ma bouche. L'avais-je dit à voix haute ?

Je testai ces mots une nouvelle fois, en les prononçant lentement :

– Je… ne… veux… pas… aller… à… la… fac.

Ça me faisait du bien de le dire. Je haussai les sourcils.

– Bon. C'est réglé, ça, tu ne veux pas le faire. Qu'est-ce que tu veux faire ?

Je me mordis la lèvre en réfléchissant.

– Je veux aller voir Rory.

Ces paroles firent naître un flot de chaleur dans ma poitrine, qui remonta dans ma gorge avec un drôle de bruit, entre le soupir et le hoquet.

– Oui. Je veux aller voir Rory.

Mes parents s'y étaient opposés. Ils trouvaient que j'étais trop jeune.

– J'ai presque dix-huit ans ! protestai-je. Et j'ai de l'argent.

Financièrement, je pouvais me permettre tout ce que je voulais. Pourquoi n'avais-je pas frappé plus tôt du poing sur la table ? Pourquoi n'avais-je pas dit à mes parents que j'irais voir Rory à Chicago, point barre ?

Vraisemblablement, il fallait qu'on m'enferme dans une cave et qu'on me torture pour que je me mette à me défendre. Car après cette mésaventure, je ne me laisserais plus jamais dicter ce que je devais faire. J'allais faire tout ce qu'il me plairait, à commencer par prendre l'avion pour rencontrer mon petit ami.

Je m'imaginai la scène : la descente de l'avion, la sortie après avoir récupéré mes bagages. Rory serait là, à m'attendre, avec un bouquet de fleurs – peut-être des roses jaunes, mes préférées – et son sourire s'élargirait lorsqu'il m'apercevrait. Ses fossettes me feraient craquer. Je m'avancerais pour qu'il me prenne dans ses bras, puis ses lèvres se presseraient contre les miennes. Notre premier baiser.

J'arrêtai de rêvasser. Dans ma tête, l'image se volatilisa. Croyais-je vraiment à ce que je venais de me raconter ? Étais-je vraiment persuadée qu'il m'aimait ?

– Il m'aime. Il m'a dit qu'il m'aimait.

Mais il ne m'avait jamais rencontrée en personne. Nous n'avions jamais parlé en face à face. Il n'avait jamais respiré mon parfum, il ne m'avait jamais touchée, il ne connaissait pas ma démarche. Moi non plus, je ne l'avais jamais senti, ni touché, ni vu marcher, mais ça n'avait pas d'importance. Je parlais avec lui une fois par semaine depuis des mois et des mois. Il ne m'en fallait pas plus.

Je poussai un nouveau soupir.

Alors pourquoi continuais-je de penser que je ne serais pas assez bien pour lui ?

Parce que – cette idée tournoyait au-dessus de ma tête comme un oiseau de proie – il se pouvait qu'il ne veuille de moi que parce que j'étais une auteure à succès.

Certes, il n'avait jamais cherché à profiter de mon argent. Je lui avais souvent proposé de lui offrir un nouvel ordinateur, et il avait toujours refusé. Mais si la seule chose qui l'attirait chez moi, c'était ma capacité à pondre des romans pas trop mauvais ? Se serait-on skypé tous les deux si je n'avais été qu'une fille comme les autres ?

Non.

M'aurait-il seulement remarquée ?

Non.

M'aurait-il trouvée belle malgré tout ? M'aurait-il dit qu'il m'aimait ?

Je ne connaissais pas la réponse. Je ne la connaîtrais jamais, parce que j'étais une auteure à succès, et parce que c'était la raison pour laquelle il m'avait abordée. J'avais besoin d'avoir confiance, besoin qu'il me trouve belle, besoin de sentir que j'étais digne d'être aimée par lui.

Je hochai la tête.

Je savais qu'on *pouvait* me trouver belle.

Ça ne devait pas être impossible de réussir à me sentir digne d'être aimée.

Et quand je serais rentrée chez moi, je prendrais ma vie en main. Tout d'abord, je n'irais pas à la fac. Pourquoi m'y sentir obligée ? Ma carrière n'avait pas besoin de diplômes pour s'envoler. Je vivais déjà la vie dont la plupart des jeunes diplômés pouvaient tout juste rêver.

Ensuite…

Ensuite, Rory. Je prendrais un billet d'avion pour Chicago, et je réserverais la chambre d'hôtel la plus chic et la plus chère de toute la ville. Parce que, tout de même, pour notre première rencontre… On ne se contenterait pas d'un baiser, ça non. On ne s'arrêterait sûrement pas là. Tous ces dimanches soir passés à…

Je me rassis brusquement, en me crispant à cause de la douleur.

On est dimanche aujourd'hui.

Rory m'attendrait sur Skype !

Que penserait-il ? Que je lui posais un lapin ? Je n'avais jamais manqué un seul de nos rendez-vous. Lui en avait raté un à la mort de sa grand-mère. Et un autre quand il avait eu la grippe. Je m'étais montrée compréhensive, bien sûr.

Je fermai les yeux. Peg n'aurait pas pu mieux tomber. Je perdais encore quelque chose à cause d'elle.

– Non.

Je rouvris les yeux. Même s'il avait fallu vingt-quatre heures pour me déclarer officiellement disparue, ce laps de temps s'était largement écoulé. Ma disparition avait au moins dû être mentionnée aux informations, à présent. Rory saurait qu'on me cherchait, que je n'avais pas laissé tomber nos échanges sur Skype.

Oui, il saurait. Et il m'attendrait. Parce qu'il m'aimait. Il me l'avait dit, même après avoir écouté tout ce que je lui avais raconté sur moi.

Il fallait que je le croie.

Et il fallait que je prenne sur moi. Que je consacre toute mon énergie à me sortir d'ici. Parce que je savais qu'il m'attendrait.

C'était la première chose que je ferais. Aller voir Rory, et constater que notre amour était bien réel.

15

Je finis par m'abandonner aux bras de Morphée. Quand je me réveillai, la lumière avait baissé à l'extérieur. On était au bord du soir. Le sac de papier bruissa tandis que je m'étirais.

– Oh, merde.

Je l'avais écrasé sous mon bras pendant mon sommeil.

Je l'ouvris et sortis le donut. Il était un peu aplati, mais je m'en fichais. Je mordis dedans. En dépit de sa piètre allure, il était aussi moelleux et sucré que l'autre. Je fis de mon mieux pour ne pas l'engloutir à toute allure mais, quatre bouchées plus tard, il n'en restait plus rien. Je me léchai les lèvres et me suçai les doigts, bien décidée à ne pas perdre une miette de sa douceur réconfortante.

La gorge sèche, je me rendis à la salle d'eau pour boire longuement au lavabo.

Dans le miroir, mon visage amoché semblait défait. J'avais de grands cernes foncés sous les yeux, et la longue écorchure sur ma joue était toujours bien rouge. Mais des croûtes s'étaient formées sur toutes mes égratignures, comme à la suite d'un rasage fait par-dessus la jambe.

– Adorable. Tu es vraiment très mignonne, me dis-je avec une moue.

Clic !

Je me hâtai vers la porte de la salle d'eau pour la fermer silencieusement, puis je posai l'oreille contre la paroi.

Le sommier grinça légèrement.

Quelqu'un s'était assis sur mon lit. Tout près de mon arme.

Merde.

– J'ai apporté le dîner.

Peg.

Sans me presser, je sortis de la salle d'eau.

Elle avait pris appui tout au bord du lit. Juste au-dessus de ma cachette.

Mon cœur s'accéléra, et je sentis mes mains devenir moites.

Une odeur grasse de tomate vint me chatouiller les narines. Peg tenait une pizza au pepperoni, posée sur un disque de carton. Malgré ma nervosité, je ne pus m'empêcher de saliver.

Peg posa la pizza sur la table à côté du lit.

S'il te plaît, lève-toi. S'il te plaît.

Mais elle restait là, les mains posées au bord du lit. Le poids de son corps écrasait le matelas, et ses doigts n'étaient plus qu'à quelques centimètres de la lame.

Il fallait que je l'éloigne de là. Mais comment ?

Soudain, j'eus une inspiration.

Je fis prestement un pas de côté vers la porte. Tout juste une feinte, pas impressionnante pour deux sous.

Mon geste pathétique obtint le résultat escompté : Peg bondit du lit, s'interposant immédiatement entre la porte et moi. Bien campée sur ses pieds, les poings sur les hanches, elle me dévisagea.

– Vraiment ?

– Désolée, dis-je en secouant la tête. Je n'ai rien fait.

– Va t'asseoir, m'ordonna-t-elle en désignant le lit.

Je baissai la tête avec un air exagérément penaud, et soupirai de soulagement lorsque mes fesses touchèrent le matelas, à l'endroit où elle-même était assise un instant plus tôt. Mon arsenal secret était à l'abri, pour le moment.

– Chez nous le dimanche soir, c'est pizza, dit Peg en désignant mon repas du menton.

Je hochai la tête.

– Chez nous aussi.

C'était faux, bien entendu. Mais je cherchais à la caresser dans le sens du poil, parce que j'étais prête à essayer mon arme pour me tirer d'ici. Elle ne voyait pas ma main droite, de là où elle se trouvait ; je tendis le bras et glissai mes doigts dans l'interstice.

Ma docilité nouvelle avait dû apaiser sa tension, car ses épaules se détendirent. Elle fit quelques pas dans ma direction.

Mon cœur battait si fort que je l'entendais sous mes tempes. La sueur perla au-dessus de mes lèvres, et je feignis une petite toux pour l'essuyer en portant la main à ma bouche. Puis mes doigts retournèrent furtivement chercher la lame tandis que Peg s'approchait.

Patience. Attends un peu.

Il fallait que je la fasse parler, qu'elle baisse sa garde.

– Combien de temps je vais devoir rester ici, alors ?

Au creux de ma paume, je manœuvrai la lame pour la tenir entre le pouce et l'index. J'assurai ma prise. J'avais envie d'ajouter : « Parce que je suis prête à partir, connasse. »

Elle fronça les sourcils et répondit :

– Je ne sais pas.

Elle s'arrêta.

Non ! Je ravalai le désespoir qui montait en moi.

Il fallait qu'elle soit à côté de moi, loin de la porte, pour que j'aie une chance de l'atteindre avant elle une fois que je l'aurais attaquée.

– Tu n'as pas l'air de regretter du tout ce que tu as fait, dit Peg en inclinant la tête.

J'écarquillai les yeux et manquai lâcher ma lame. Puis je me ressaisis. Elle se fichait de moi ou quoi ? On en était encore là ?

– Quoi que j'aie fait, je m'en excuse.

Elle posa une main sur son front et se le frotta en fermant les yeux.

– Non mais, tu vois, c'est exactement ça qui…

Ses yeux s'ouvrirent brusquement tandis qu'elle tendait une main excédée dans ma direction.

– … ME FAIT CHIER !

Sa fureur soudaine me fit sursauter. Mon pied dérapa sur la moquette graisseuse et je faillis tomber du lit.

Elle s'avança vers moi, les bras écartés, le visage cramoisi.

– Tu crois que c'est facile pour moi ? D'avoir une étrangère dans ma maison, à qui je dois apporter à manger ?

Elle se rapprocha encore du lit. Elle n'était plus qu'à une trentaine de centimètres de moi, j'aurais pu la toucher en tendant la main.

J'aspirai une bouffée d'air. *C'est parti.*

– Ce n'est pas facile pour moi ! Tu crois que j'ai envie de t'héberger ? hurla-t-elle.

Je secouai la tête, tâchant de prendre un air compréhensif dans l'espoir de la calmer.

Parce que je n'étais pas préparée à une telle explosion de colère. Une personne en colère est imprévisible.

Je ne pouvais pas bousiller ma dernière chance de sortir d'ici.

– J'ai une fille, dont je dois m'occuper, au cas où tu ne l'aurais pas remarqué !

Peg criait de plus en plus fort. Elle fit encore un pas vers moi. Elle était à présent si proche que je distinguais le relief de sa bretelle de soutien-gorge sous sa robe, et le mascara qui avait légèrement débordé sur sa paupière. Je sentais son parfum, capiteux, presque agressif.

Je me mordis la lèvre en essayant d'empêcher mes mains de trembler.

Est-ce que je dois tenter le coup ?

Quel était le pire scénario envisageable, si j'échouais ? Elle pouvait me frapper, fort peut-être. Elle me prendrait mon arme et… quoi d'autre ? Que pouvait-elle faire de plus ?

Me maîtriser, d'une manière ou d'une autre. M'attacher.

Je me retins de frémir en songeant au bâillon qu'elle m'avait mis dans la bouche.

C'était déjà assez pénible d'être coincée dans ce sous-sol, mais au moins je pouvais aller et venir à ma guise. S'il lui venait l'idée de me ligoter, peut-être même de me bâillonner de nouveau ? Je deviendrais cinglée.

Je ne pouvais pas prendre ce risque.

Lentement, je glissai la main à côté de ma cuisse, au bord du matelas, pour ranger mon arme.

– Tout ça, c'est ta faute !

– Hein ? fis-je, stupéfaite.

En me tournant pour la regarder, je laissai échapper la lame. Mon salut tomba au sol en silence, atterrissant à côté de mon pied. Mon cœur s'arrêta.

Ne regarde pas par terre, ne regarde pas par terre.

Je me levai promptement et posai le pied sur le morceau de métal attaché à la bande de carton. Puis j'ouvris les mains en signe de soumission.

– Je suis désolée pour tout ce que j'ai pu faire, d'accord ?

Je devais seulement rester plantée là, jusqu'à ce qu'elle s'en aille. C'était tout. Garder le pied dessus, et elle ne soupçonnerait rien.

Peg recula et posa la main sur le montant du lit.

– Ça ne suffit pas, dit-elle en secouant la tête. Ça ne suffit pas du tout.

Elle attrapa mon poignet et tira. Je trébuchai en avant, abandonnant derrière moi l'objet que je tentais de cacher.

Je n'osai pas regarder par-dessus mon épaule. La lame était juste derrière moi, à découvert. Il fallait que j'éloigne Peg de ce coin-là, et vite. Alors, je fis la première chose qui me vint à l'esprit. C'était crétin, sans doute, mais j'étais aux abois, et il fallait agir.

Avec mon bras valide, je la repoussai aussi fort que je le pus.

Peg dut reculer d'un pas pour ne pas perdre l'équilibre. Ses cheveux retombèrent sur ses yeux, qui lançaient des éclairs.

Qu'est-ce qui m'avait pris ? Comment avais-je pu croire un instant que je pourrais avoir le dessus avec mon misérable petit bout de métal, face à cette harpie ivre de rage ?

Peg leva la main, et je protégeai mon visage de mon bras valide en criant :

– Non !

Elle attrapa mon bras en me pinçant. Je glapis. Elle tira pour me forcer à m'agenouiller. Je tombai à genoux, puis sur le flanc droit. Si elle regardait derrière moi, elle verrait la bande de métal sur le sol. Elle la verrait, elle s'en emparerait, et elle s'en servirait probablement sur moi.

Je me redressai en vitesse et détalai un peu plus loin, vers l'autre côté du lit. *Suis-moi, par pitié, suis-moi.*

Bingo. En deux grandes enjambées, elle était sur moi. Et mon arme, hors de son champ de vision.

Je m'assis. Il fallait seulement que je parvienne à l'apaiser suffisamment pour qu'elle se décide à partir. Et tout irait bien. Je réessaierais à un autre moment, plus propice.

Peg m'envoya un coup de pied dans le ventre.

Je me pliai en deux, la main sur l'abdomen, le souffle coupé. Ma bouche s'ouvrit et se referma plusieurs fois. Pas moyen de respirer. Je tombai sur le côté en attendant que mon plexus tétanisé se relâche pour laisser passer l'oxygène.

Peg se pencha sur moi. Elle avait le visage congestionné, et des yeux de folle. Elle brandit le poing.

Mes yeux s'emplirent de larmes, brouillant son image. Mais pas ses paroles :

– Joue pas à ça avec moi, ma petite. C'est compris ?

Incapable de respirer, de bouger ou même de penser, je restai sans réaction.

Elle m'attrapa par les cheveux et me souleva de terre, d'une quinzaine de centimètres. J'eus le réflexe de pousser un cri, mais je ne pus émettre qu'un couinement.

– C'est compris ? répéta-t-elle.

Je fis de mon mieux pour acquiescer, comme elle me retenait toujours par les cheveux. Je dus fournir un semblant de hochement de tête assez convaincant, car elle finit par me lâcher.

Je retombai lourdement à terre tandis qu'un filet d'air recommençait à circuler dans mes poumons.

– Bon appétit, dit-elle d'un ton féroce, avant de partir en claquant la porte.

Clic !

Si j'avais eu un tant soit peu de souffle, j'aurais soupiré de soulagement. Mais tout ce que je pouvais faire pour l'instant, c'était fixer le plafond en laissant mes larmes couler.

16

Dès que j'eus retrouvé mon souffle, je me mis debout et réajustai mon écharpe. Puis j'allai m'agenouiller à côté du lit. D'une main tremblante, je ramassai la bande de métal et de carton, et la camouflai de nouveau entre le matelas et le sommier. Je lissai l'entrée de la cachette du plat de la main puis posai le front dessus en murmurant :

– Merci.

Séchant mes dernières larmes, je grimpai sur le lit et pris une part de pizza. J'attaquai la pointe à belles dents et mâchai bruyamment, bouche ouverte. La pâte était fine et friable ; le fromage, insipide ; le pepperoni, plein de gras. Une marque de surgelés bas de gamme, clairement.

Et incontestablement le mets le plus exquis que j'avais jamais dégusté de toute ma vie.

J'avalai ma première bouchée et en pris une autre, mâchant les yeux fermés, savourant chaque minute. Rapidement, cette part disparut. J'en pris une deuxième. À la troisième, je ralentis un peu. J'avais fait disparaître la moitié de la pizza.

– C'est ta dernière part. Il faut que tu gardes le reste pour plus tard.

Je n'en avais pas envie. Pas vraiment. Mais il fallait que je sois raisonnable.

Comment savoir quand Peg m'apporterait autre chose à manger ?

Des donuts et de la pizza dans la même journée constituaient un bilan plutôt encourageant, mais peut-être ne nourrissait-on les prisonniers que le dimanche. Dans ce cas, j'avais eu une sacrée veine de faire un tonneau avec ma voiture un vendredi.

Une porte claqua au-dessus de moi.

Je pris une autre bouchée et tendis l'oreille en mâchant.

Une portière de voiture. Une seule. Moteur de voiture, pneus, gravillons.

Peg était partie. Seule.

Je déglutis.

La Flûte était là-haut. Elle avait intérêt à y rester. Je fourrai un dernier morceau de pizza dans ma bouche, puis me rendis à la salle d'eau pour me désaltérer. J'en sortais quand il y eut un nouveau bruit de pneus sur les gravillons.

Je m'assis sur le lit.

À l'étage, une porte s'ouvrit et la Flûte poussa un cri de joie. J'entendis courir à travers la pièce. Pourquoi était-elle si heureuse de voir sa mère ?

Je me mordis la lèvre. À moins que ce ne soit pas sa mère.

J'entendis une voix d'homme. Des pas qui descendaient l'escalier. Des pas légers, lestes. Ceux de la Flûte.

Et d'autres, plus lents, plus lourds. Qui était cet homme ? Que voulait-il ?

Mes mains se mirent à trembler, mon cœur, à s'accélérer. Devais-je rester où j'étais ? Avec mon arme à portée de main ?

Non. Ça ne servirait à rien face à deux personnes.

Fallait-il tenter de me barricader dans la salle d'eau ?

Ils étaient juste derrière la porte. Ils n'avaient probablement pas la clé du cadenas, de toute manière. Peg l'avait sans doute prise avec elle. Ils ne pourraient pas entrer sans la clé.

Clic !

Je glissai à terre et courus à la salle d'eau, heureuse que mon écharpe maintienne mon bras suffisamment serré contre moi et m'évite trop de secousses douloureuses. Je me faufilai dans la petite pièce et refermai la porte à la seconde où l'autre s'ouvrait en grinçant.

– Bon alors, elle est où ?

Cette voix. Je la reconnaissais. C'était celle du cousin de Peg.

– J'sais pas. Quelque part, dit la Flûte.

– C'est quoi cette porte ? demanda-t-il.

Il n'était jamais descendu ici avant ? Comment était-ce possible ? S'il donnait des coups de main à Peg, s'il était si *doué* que ça, comment se faisait-il qu'il ne soit jamais venu bricoler au sous-sol ?

Pour quelle raison ne venait-il pas au sous-sol ?

Peut-être ne l'aidait-il que pour des travaux d'extérieur.

Ou alors… Peut-être que Peg se servait régulièrement de cette pièce pour retenir des gens en otage.

Le cadenas était à l'extérieur. Peut-être voulait-elle seulement empêcher la Flûte d'entrer.

Ou bien, elle ne faisait pas assez confiance à son cousin pour le laisser seul dans sa maison. Et c'était pour cette raison qu'il n'était pas encore venu ici.

Bam !

Je sursautai tandis qu'on heurtait la porte.

– On sait que t'es là-dedans, dit-il.

Bam !

– Tu ferais mieux de sortir.

Je retenais mon souffle.

La poignée pivota alors, et la porte s'entrouvrit. Je voulus la repousser, mais mon pied glissa et je perdis l'équilibre. Je chutai et atterris sur les fesses.

Le garçon entra et se planta devant moi. Il portait un jean et un tee-shirt noir orné de symboles chinois rouge sang. Prenant son temps, il promena ses yeux noirs sur tout mon corps.

Le rouge me monta aux joues.

Ses yeux revinrent aux miens. Haussant les sourcils, il tendit la main.

Je ne la lui serrai pas.

– Comme tu veux.

Il ferma la porte et s'y adossa, bras croisés.

Je reculai le plus loin possible, jusqu'à me retrouver le dos au mur.

– Qu'est-ce que tu veux ? demandai-je d'une voix sourde, voilée de terreur.

– Qu'est-ce que je veux ? (Il éclata de rire.) Tu sais parler aux hommes, toi. Quoi, on ne se présente pas ? C'est ça qu'on fait, normalement.

Il posa une main sur sa poitrine. Avec un sourire narquois insupportable, il ajouta, d'une voix de fausset :

– Bonjour ! Je m'appelle Wesley. Je suis ravi de faire ta connaissance, Olivia.

Mon nom dans sa bouche et cette voix ridicule me donnèrent la chair de poule.

Wesley s'accroupit, toujours adossé à la porte, son jean délavé moulant ses cuisses solides. Ses biceps se dessinaient plus précisément dans cette position, avant-bras en appui sur ses genoux. Il était sec et musclé. Mon seul espoir était qu'il soit également un crétin fini.

– Tu devrais être plus gentille que ça avec moi, dit-il avec un haussement d'épaules. Je veux dire, après tout, on se connaît déjà très bien, ajouta-t-il tandis que son regard dérivait du côté de mon entre-jambe.

Frémissant, je lâchai :

– Peg sera bientôt de retour. Elle ne va pas apprécier que tu sois ici avec moi.

J'espérais que ça le ferait réfléchir.

Mais il inclina la tête et leva l'index.

– Mmmmh... Tu fais erreur. Elle ne rentrera pas de sitôt. Parce qu'on est dimanche, et que c'est le soir de son petit tête-à-tête avec l'adjoint Dawg.

Ritchie. Peg fréquentait Ritchie. Je me mordis la lèvre.

Wesley haussa les sourcils.

– Donc, non. Navré de te décevoir. Elle ne rentre pas avant dix heures, en général. (Il sourit.) On a quelques heures devant nous.

Une sueur glacée couvrit soudain ma peau. De ma main valide, j'agrippai mon bras en écharpe pour me donner une vague contenance et, surtout, pour qu'il ne remarque pas que je tremblais de tous mes membres.

Où était la Flûte, bon sang ? Elle qui était si curieuse, pourquoi n'était-elle pas là, à me pomper l'air comme d'habitude ? Bon, peut-être devais-je encourager Wesley à blablater. Il avait l'air d'être un de ces types qui aiment s'écouter parler.

– Tu as quel âge ? demandai-je.

– Seize ans. Depuis le mois dernier.

Seize ans ? *Seize ans ?* Comment un type de seize ans pouvait-il déjà être aussi gerbant ?

Bang ! Bang ! Bang !

– Laissez-moi entrer !

La Flûte. Dieu merci.

Wesley poussa un soupir et se releva, puis entrouvrit la porte. La Flûte passa la tête dans l'entrebâillement. Elle mâchait quelque chose. Je la regardai lever le bras et tendre le cou pour prendre une bouchée de pizza. De *ma* pizza, que je gardais pour plus tard.

– C'est à moi, grondai-je aussitôt, sans pouvoir me retenir.

La Flûte bouscula Wesley pour entrer et s'appuya contre lui. Elle lui lança un regard bovin, puis se tourna vers moi :

– Qu'est-ce que tu fais là-dedans ?

– Je pense qu'elle ne voulait pas qu'on la trouve. Pas vrai, Ô-li-viaaa ? dit-il en traînant si longtemps sur mon prénom qu'une nouvelle série de frissons me remonta le long de l'échine. Tu te cachais ? Tu ne voulais pas qu'on te trouve ?

– Peut-être qu'elle pense qu'on va lui casser la gueule.

La Flûte éclata de rire, la bouche pleine de ma pizza.

Ecœurée, je baissai les yeux sur le carrelage au pied des toilettes. Comment les faire partir ? En demandant, peut-être ?

– Laissez-moi tranquille, s'il vous plaît.

– Tranquille ? répéta Wesley. Tranquille ? Pourquoi tu veux qu'on te laisse tranquille ? Tu n'as pas eu assez de tranquillité depuis que tu es arrivée ici ?

– On est venues la voir, des fois, claironna la Flûte.

– Eh ben. Alors Ô-li-via doit se sentir bien seule, hein ? Tu te sens seule ?

Il s'avança vers moi et poussa mon pied du bout de son orteil nu. Tous mes poils se hérissèrent au contact de sa peau contre la mienne. Je repliai les genoux pour éloigner mes pieds.

– Va-t'en.

Il se rapprocha et posa son pied sur le mien.

– Je suis juste amical. Toi aussi, tu devrais l'être.

Mes yeux s'emplirent de larmes. Je voulais qu'il s'en aille. Je voulais qu'ils s'en aillent, tous les deux.

– Ne me touche pas, l'avertis-je en donnant une tape sur son pied.

Il recula d'un bond, avant de rire.

– Oh, mais c'est qu'elle est susceptible, la demoiselle !

– Ouais, qu'est-ce qu'elle est susceptible, reprit la Flûte, hilare.

Bon Dieu, quelle petite tarée, celle-là ! Et elle en pinçait pour son cousin, en plus. C'était d'un glauque.

Elle engloutit le restant de pizza et s'essuya les mains en les frottant l'une contre l'autre. La bouche pleine, elle déclara :

– Y a mon émission qui commence bientôt.

S'apprêtant à vider les lieux, elle prit la main de Wesley et la tira.

– Viens la regarder avec moi.

Il me jeta un regard avec un haussement d'épaules.

– Tu as entendu la petite. Il faut que je regarde l'émission avec elle. Dommage pour toi.

Il suivit la Flûte hors de la salle d'eau, puis sa tête surgit de nouveau par la porte entrouverte.

– Tu vas être obligée de patienter, du coup. Mais je te promets de revenir, dès qu'elle sera couchée.

Il disparut.

La porte du sous-sol se referma.

Clic !

Je n'avais guère plus de tonus qu'une poupée de chiffon, mais l'urgence qui montait en moi me força à me redresser sur mes genoux sans attendre. J'atteignis la cuvette des toilettes juste à temps pour vomir toute ma pizza.

17

Je me débarbouillai soigneusement avant de boire de grosses gorgées d'eau au robinet. La perspective de me terrer dans la salle d'eau comme un petit lapin affolé en attendant le retour de Wesley ne me séduisait pas plus que ça, aussi j'allai m'asseoir sur le lit. Mes doigts me démangeaient d'aller chercher mon arme et de me tenir prête à l'accueillir.

Mais je résistai à cette envie.

Et s'il revenait accompagné de la Flûte ? Il me maîtriserait sans peine si elle était là pour m'empêcher de m'enfuir. Non, le potentiel de mon arme résidait en partie – presque entièrement, en fait – dans l'effet de surprise. Le choc de la blessure, plus que le coup lui-même, me permettrait, avec un peu de chance, de gagner quelques secondes pour atteindre la porte. Et ce plan ne fonctionnerait pas si la Flûte était dans les parages.

Mais j'étais partagée. Tant que la Flûte était au sous-sol, rien n'arriverait. Wesley ne me toucherait pas en sa présence.

N'est-ce pas ?…

Qu'est-ce que j'en savais, après tout ?

J'étais affaiblie, il était costaud. J'étais blessée, il était en pleine forme.

Wesley pouvait me faire tout ce qu'il voulait. Et à cette idée, je priais pour que la Flûte reste dans ses jambes, pour qu'elle ne me laisse pas seule avec lui.

Je me mordis la lèvre.

Sauf que…

S'il était seul, j'aurais plus de chances de parvenir à m'échapper.

Ma meilleure occasion et mon pire cauchemar réunis dans le même scénario : me retrouver en tête à tête avec lui. Je m'adossai à la tête de lit et pliai les jambes. J'étais tellement fatiguée. Je n'étais pas sûre d'avoir encore l'énergie de me battre. Je voulais que ce soit fini. Je voulais être déjà sortie d'ici. Je voulais être chez moi.

Qu'aurais-je fait à cette heure-ci, si j'avais été chez moi ?

Je me serais préparée à discuter avec Rory sur Skype.

Les larmes me montèrent aux yeux. Allais-je vraiment le rencontrer un jour ? Qu'est-ce que j'avais été conne de ne pas chercher à le voir plus tôt ! Et pourquoi ne lui avais-je pas fait envoyer un nouvel ordinateur, avec une webcam en état de marche qui m'aurait permis de le voir quand nous nous parlions ? De voir son expression quand il m'avait dit que j'étais belle ? Quand il m'avait dit qu'il m'aimait ?

J'étais vraiment la reine des connes. J'avais été tellement conne de tout accepter. Tellement conne de laisser ma vanité prendre le pas sur mon véritable bonheur. Je faisais toujours ce que les autres me disaient de faire, en l'acceptant comme si ces décisions étaient aussi les miennes.

Pourquoi est-ce que je ne me défendais jamais ?

Si je m'en sortais, *quand* je m'en sortirais, les choses changeraient. Vraiment. J'avais déjà décidé de ne pas aller à la fac et de rendre visite à Rory.

Mais ce n'était que la partie émergée de l'iceberg.

Peut-être allais-je continuer à habiter avec papa et maman. Peut-être pas. Peut-être allais-je déménager, peut-être construire une maison. Peut-être à proximité de chez mes parents, peut-être pas.

Quoi que je fasse, où que je décide de vivre, ce seraient désormais *mes* choix.

Si je me sortais de ce pétrin, les choses changeraient.

Clic !

Toutes mes belles résolutions s'évanouirent aussitôt. Je serrai les genoux l'un contre l'autre, enroulai mon bras valide autour d'eux et priai pour que Wesley me laisse tranquille.

La porte s'ouvrit.

Wesley entra et referma la porte derrière lui. Il posa le cadenas sur l'étagère à côté de la porte, avec la clé toujours dedans, accrochée au cordon orange et noir de l'université d'État de l'Oregon. Remarquant mon regard fixé dessus, il dit :

– Je ne fais pas confiance à cette petite cinglée, elle serait capable de m'enfermer ici.

Bon, on n'avait rien à se dire, mais au moins on partageait le même point de vue sur la Flûte.

Il croisa les bras et s'adossa à la porte.

– Alors, comment on pourrait tuer le temps ?

Je restai muette. Toutefois, même si j'en mourais d'envie, je ne détournai pas le regard et continuai à soutenir le sien. Il fallait qu'il soit seul avec moi dans cette pièce. Mais cette idée me terrorisait.

Je m'éclaircis la gorge et dis, d'un air plus assuré que je ne l'étais réellement :

– Tu sais que tu vas avoir de gros ennuis, en aidant Peg à me garder prisonnière ici.

– Ouais, ouais. Mais je n'ai pas prévu de rendre des comptes.

– Ah, vraiment ? Et tu peux m'expliquer pourquoi ?

– Je sais pas. (Ses yeux se plissèrent.) Ce n'est pas vraiment ce qui devrait t'inquiéter, là.

Je déglutis et relevai le menton pour feindre une audace que je n'avais pas.

– Et qu'est-ce qui devrait m'inquiéter ?

Wesley se mit à rire.

– Tu es tellement différente ici, par rapport à…

Il se tut.

Je fronçai les sourcils.

– Différente par rapport à quoi ?

– Laisse tomber.

Il fit quelques pas dans ma direction.

Je me raidis. J'aurais déjà dû sortir mon arme. J'aurais dû la garder dans ma main. Il me verrait faire, si je l'attrapais maintenant.

Wesley consulta sa montre.

– Eh ben dis donc. Il est neuf heures et demie, et on est dimanche soir. (Il pencha la tête et posa l'index sur son menton.) Qu'est-ce qu'on peut faire, à neuf heures et demie, le dimanche soir ?

Moi, le dimanche soir, à cette heure-là, je discutais sur Skype avec Rory. À cet instant précis, il était assis devant son ordinateur à Chicago, et il attendait que je l'appelle.

Wesley continuait de s'approcher, et il finit par s'asseoir au bout du lit.

– Ce serait le moment idéal pour skyper, non ?

Je me figeai. Pourquoi avait-il dit ça ? Il ne pouvait pas être au courant, pour Rory et moi.

Sauf s'il avait lu mon journal.

– Je parie que Rory est teeeellement déçu de ne pas pouvoir parler avec toi ce soir. Pas vrai ? ricana-t-il. Bonne nuit, ma belle.

J'eus un hoquet. C'étaient les paroles de Rory. Il disait toujours ça en se déconnectant.

– Ferme-la ! m'écriai-je. Ça ne te regarde pas !

Wesley se passa la langue sur les lèvres.

– Retrouvons-nous à Chicago pour notre premier baiser.

– C'est privé.

Mon cœur battait la chamade. C'était déjà assez pénible de savoir que Peg avait lu mon journal ; mais qu'elle ait laissé Wesley mettre son nez dedans aussi ? Comme c'était intrusif ! Humiliant.

Je sentais monter l'envie de pleurer. *Arrête, tu ne dois pas craquer devant lui.* Mais l'idée qu'il avait lu mon journal, où j'écrivais tout, y compris mes conversations avec Rory… c'était trop insupportable. J'aurais voulu dégainer ma petite lame et lui couper la tête avec.

– C'est entre lui et moi. C'est pas tes oignons.

Alors, Wesley fut pris d'un fou rire. Il riait si fort que ses yeux brillèrent de larmes. Il était penché en avant et se tenait les côtes. Puis son hilarité s'apaisa, et ne subsistèrent que quelques gloussements.

– Euh… Tu n'as jamais pensé qu'il était peut-être bidon, ton Rory ? Que c'était juste un type qui te faisait marcher ?

– Rory existe vraiment ! m'écriai-je. Il est venu à une séance de dédicaces !

Wesley rit encore un peu, des restes de son fou rire, puis il écarquilla les yeux.

– Oh, d'accord. Pardon. Donc tu l'as rencontré en vrai. Je retire tout ce que j'ai dit.

Et il se remit à rire.

Je ne me rappelais pas précisément ce que j'avais écrit dans mon journal à cette époque – si j'avais mentionné ou non le fait que Rory était présent lors de ma séance de dédicaces mais que je ne l'avais pas rencontré en personne.

Wesley parut prendre mon silence pour ce qu'il était : la confirmation que je n'avais jamais vu Rory en chair et en os.

– Ah, donc tu ne l'as jamais rencontré. Alors si ça se trouve, c'est un gros pervers pédophile qui s'astique pendant que tu l'abreuves de ta conversation pleine d'esprit.

Je ne parvenais plus à endiguer mes pleurs.

– Il existe. Je sais qu'il existe, reniflai-je.

– Oh, alors d'accord, répondit Wesley sur un ton faussement contrit. Je serais triste si tu allais à Chicago pour ton premier baiser et qu'il n'avait pas lieu.

– La ferme.

Je m'essuyai le visage du revers de la main. Je voulais qu'il parte. Je n'avais même plus le courage de faire une tentative d'attaque. Ni d'évasion. J'étais lasse. Si lasse.

Wesley pointa son index sur moi.

– Je peux t'aider pour ça.

Les commissures de ses lèvres se relevèrent, et ses yeux brillèrent d'une lueur étrange.

– Ce premier baiser. Je veux dire, je ne veux pas que tu ailles à Chicago et que tu t'aperçoives une fois là-bas que Rory n'existe pas. Quelle déception ce serait, pour toi.

– Il *existe*. Et je *vais* à Chicago.

Il se décala sur le lit, réduisant de moitié la distance qui nous séparait.

– Je veux que tu t'en ailles.

Ma voix chevrotait, et je savais qu'il l'avait remarqué.

– Tu es nerveuse ? C'est à cause de ce premier baiser ?

– Tais-toi. S'il te plaît, va-t'en.

Wesley se décala un peu plus, et se retrouva juste à côté de moi. Ses fesses musclées appuyées contre ma jambe. Il sentait le feu de bois et l'essence.

J'essayai de reculer.

Il se pencha sur moi, bloquant toute esquive possible sur ma gauche. Son visage était tout proche du mien.

Je n'ignorais pas que du côté droit en revanche – ma main, mon bras, tout – je n'étais nullement entravée. Et qu'une poignée de centimètres plus bas se trouvait un morceau de métal aiguisé.

Pour le récupérer sans que Wesley ne le remarque, il me fallait détourner son attention. Je m'inclinai sur ma droite pour lui faire croire que j'essayais de l'éviter.

– Où tu vas comme ça ? Je fais ça pour toi, tu sais.

Mon bras droit était fléchi, ma main reposait à plat sur le matelas.

– D'accord, soupirai-je.

Il me dévisagea avec des yeux ronds.

– Quoi ?

– D'accord, répétai-je en haussant légèrement l'épaule droite. Embrasse-moi. Ça m'est égal.

Intérieurement, je frémissais d'horreur. Et lorsqu'il se pencha en avant et posa sa bouche sur la mienne, je dus faire un effort pour ne pas hurler.

Ses lèvres étaient chaudes et gercées. Répugnantes. Mais je m'obligeai à rester immobile. Il pensait sans doute que j'en voulais plus. Je devais absolument le distraire. Et le prix à payer serait de le laisser me galocher.

Je réprimai un haut-le-cœur quand il entreprit de promener sa langue chaude et baveuse dans ma bouche. Ma main droite se glissa à tâtons vers le bord du lit.

La langue dégoûtante de Wesley poursuivait ses explorations. Sa main remonta sur mon torse et se posa sur mon sein gauche.

Du bout des doigts, je cherchais l'interstice entre le matelas et le sommier.

Il se mit à malaxer mon sein tandis que sa langue continuait de violenter ma bouche. J'avais la chair de poule, comme si chaque pore de ma peau s'insurgeait contre cet assaut.

Concentre-toi, Livvy, concentre-toi.

Sentant que j'avais atteint le seuil de ma cachette, je tendis les doigts aussi loin que possible.

Rien.

J'étais tout près de l'objet qui allait me tirer de là, je le savais. Quelques centimètres, tout au plus. Il me fallait ces quelques centimètres. Et je n'avais qu'un seul moyen de les obtenir.

J'avançai légèrement les fesses pour me retrouver à demi-allongée sur le lit, et permettre à mon bras de gagner du terrain.

Wesley décolla enfin sa bouche de la mienne.

– Oh, ouais…

Il glissa à son tour et se coucha sur son flanc droit, face à moi. De sa main gauche, il attira ma tête vers la sienne et me fourra de nouveau sa langue dans la bouche. Sa main descendit ensuite sur mon sein droit.

J'avançai la main dans l'interstice, saisis la bande de métal et de carton et l'extirpai enfin. Prenant garde de ne pas éveiller son attention avec des gestes trop brusques, j'assurai soigneusement ma prise sur l'arme.

Ses doigts s'affairaient à retrousser mon débardeur pour découvrir mes seins.

Vigoureusement, je lui mordis la langue.

Wesley recula vivement la tête.

– Aïe ! Qu'est-ce qui te prend ? s'écria-t-il, avant de porter la main à sa bouche.

– Haaaaaaa !

Je lui assenai un grand coup de lame dans la figure, traçant une belle ligne écarlate sur sa joue gauche.

– Argh, salope !

Il agrippa sa joue de l'autre main.

Fouettée par une décharge d'adrénaline, je glissai hors du lit à toute allure et courus jusqu'à la porte en muselant la douleur perçante de mon épaule. J'avais toujours ma lame au creux de la main et, dans la précipitation, je saisis le cordon orange et noir en voulant attraper le cadenas entre le pouce et l'index. Quand je tirai dessus, le poids du cadenas le désolidarisa de la clé, et il tomba à terre avec un bruit sourd. Je me retournai pour jeter un œil vers le lit.

Encore sous le choc, Wesley se tenait la joue en se rasseyant. Il n'avait pas encore posé les pieds par terre.

Ne te retourne pas !

Je me baissai et raflai le cadenas à terre avant d'ouvrir la porte à toute volée. Je bondis en avant pour atterrir sur un sol de ciment. Un banal escalier droit en bois menait à l'étage. Je tirai sur la porte pour la fermer. Je n'eus que le temps d'apercevoir Wesley qui s'approchait, le visage rouge, les yeux étincelants de rage.

Je rabattis le loquet de la porte sur l'anneau métallique fixé au mur et, la seconde d'après, Wesley donnait un coup dans la porte.

Je glapis et laissai échapper le cadenas, puis cognai mon épaule démise dans la porte en voulant le rattraper, et la douleur me coupa le souffle. Je me baissai pour ramasser le cadenas et insérai l'anse dans l'anneau. Je tremblais comme une feuille, si fort que je ne parvenais pas à fermer le cadenas.

– Laisse-moi sortir !

Un autre coup dans la porte. C'était un gros cadenas, mais l'anneau semblait bouger un peu chaque fois que Wesley cognait.

Allez, allez. Je me concentrai pour réussir à fermer le cadenas. Ma respiration était brève et saccadée. Mes doigts tripotaient maladroitement le métal.

– Allez, putaiiin, espèce de…

Clic !

De ce côté-là de la porte, c'était un bruit plus sonore, et incroyablement plus satisfaisant. Je baissai les yeux sur mon débardeur et le rajustai. Je tremblais encore de tous mes membres.

– J'aimerais bien voir ta tronche quand tu découvriras la vérité sur Rory ! hurla Wesley.

– Tu veux la vérité ? gueulai-je à mon tour. La vérité, c'est que tu vas aller en prison pour ce que tu as fait ! Pour ce que Peg et toi, vous avez fait !

Wesley partit d'un rire qui me glaça.

– C'est ça. Je serai en prison pendant que tu iras voir ton *petit ami.* Tu me raconteras comment ça s'est passé.

Bang ! Il frappa de nouveau la porte.

Haletante, j'attendis que la douleur diminue dans mon épaule. Puis je saisis la clé par le cordon et la jetai dans un recoin de la cave plongée dans l'obscurité. Elle atterrit sur le sol en ciment avec un petit *ting.* Je levai ensuite les yeux.

En haut des escaliers, la porte était entrouverte.

J'étais sortie de ma prison au sous-sol. Premier niveau terminé.

Je n'avais aucune idée de ce que le deuxième me réservait, à présent. Je jetai un coup d'œil autour de moi.

Où est-ce qu'elle est…

Ma lame était tombée par terre, à côté de la porte. Je la ramassai. *Tu as fait du bon boulot, ma petite.*

Puis je resserrai le nœud de mon écharpe, et commençai à gravir les marches.

18

La première marche fut rugueuse sous mon pied nu. Le bois était brut, même pas poncé. Je posai l'autre pied sur la marche suivante et agrippai la rampe.

Bang !

Je sursautai.

C'était encore la porte du sous-sol. Wesley grommelait quelque chose.

Je portai la main à mon cœur affolé. *Relax. Il est enfermé. Il ne peut pas sortir.* Mais cette porte ne résisterait pas éternellement.

Je gravis une marche supplémentaire, un pied puis l'autre, le plus silencieusement possible. Je continuai de monter en priant pour que l'escalier ne grince pas – et je fus exaucée. En atteignant le palier, je posai la main sur la poignée de la porte. Retenant mon souffle, je tendis l'oreille.

Je perçus le tic-tac d'une horloge qui résonnait dans la pièce. Une comtoise, peut-être ? Il ne me semblait pas avoir entendu de carillon depuis mon arrivée, pourtant. J'écoutai attentivement le ronronnement d'un réfrigérateur, qui me fit penser – à tort – que j'allais déboucher dans la cuisine. Je collai le visage à la porte, le nez dans l'entrebâillement. Une légère odeur de carbonisé dominait celle de la pizza. Peut-être que Peg avait brûlé quelque chose récemment.

Bang !

Encore Wesley.

Il fallait absolument que je me tire d'ici avant qu'il ne se libère.

Je poussai la porte. *Criiiiiiiiii.*

Je me figeai.

J'attendis quelques secondes pour voir s'il se passait quelque chose. Rien. Je m'avançai dans la pièce en laissant la porte ouverte. Il y avait un vieux verrou tout rouillé, sur celle-là aussi.

C'était sa passion dans la vie, d'enfermer des gens au sous-sol, ou quoi ? Ou bien ces verrous dataient-ils de la petite enfance de la Flûte, quand il avait fallu sécuriser la maison pour éviter les accidents domestiques ?

C'était plausible.

Je reportai mon attention sur ce qui m'entourait. J'étais dans un salon, éclairé par une lampe solitaire à l'abat-jour d'un blanc poussiéreux. Un canapé bleu en microfibre, ainsi que le fauteuil et le pouf assortis faisaient face à un grand téléviseur. Il y avait une porte ouverte à chaque extrémité de la pièce, mais il faisait trop sombre pour que je devine où l'une et l'autre menaient.

Sur le mur du fond, des étagères de livres. Tandis que je les parcourais du regard, un objet rouge attira mon attention. Je m'avançai dans la lumière tamisée.

– Oh mon Dieu.

Je fonçai m'emparer de mon sac à main posé sur l'étagère et le serrai contre ma poitrine. Puis je le mis sur le canapé et farfouillai à la recherche de mon téléphone. Il n'était pas dedans. Je poussai un soupir et examinai les autres étagères dans l'espoir qu'il se trouve à proximité. Le dos d'un livre m'était familier. *La Conjuration des sorcières*, de Livvy Flynn.

Je rêve, c'est une blague ! J'allais savoir immédiatement si Peg était déjà venue à l'une de mes rencontres en librairie. Si j'avais vu juste ; si par inadvertance j'avais effectivement commis un quelconque impair qui l'avait mise hors d'elle. Je pris le livre et l'ouvris à la page que j'utilisais toujours pour les dédicaces.

Sidérée, j'écarquillai les yeux.

Je n'avais pas dédicacé cet exemplaire. Mais une autre main, carrément armée d'un gros marqueur noir, avait écrit :

MENTEUSE.

Je tournai la page. Le même mot était gribouillé sur la suivante, et celle d'après, et celle d'après. Qui pouvait bien faire ça à un livre ?

La Flûte ?

Je feuilletai rapidement le livre jusqu'à la fin. MENTEUSE était écrit sur chacune de ces fichues pages.

Je fermai le livre. C'était une preuve. Une preuve que Peg et la Flûte avaient une dent contre moi. J'étais sûre qu'un de ces « experts », comme dans la série, pourrait savoir si on s'était défoulé sur mon livre avant que je sois séquestrée au sous-sol. C'était un crime prémédité.

Je souris. Je la ferais mettre en prison, et ce livre arriverait à point nommé lors du procès. Un autre objet rouge attira mon regard. Un dossier. Je le sortis du rayonnage.

Pas possible.

J'avais le même, quelque part chez moi, avec l'intitulé :

ATELIER D'ÉCRITURE

Los Angeles

Je l'ouvris. Je tombai tout de suite sur la photo de groupe grand format, prévue dans la prestation exorbitante. Mon regard s'arrêta sur la fille au milieu du premier rang, avec le bandeau large et l'air sérieux.

C'était moi.

Nom d'un chien. On s'était toutes les deux inscrites à cet atelier ?

Si Peg se rappelait avoir participé à un travail de groupe en ma compagnie, pourquoi n'en avais-je, moi, gardé aucun souvenir ?

J'examinai la photo de plus près et me concentrai sur les visages, mais aucun ne m'évoquait celui de Peg. À moins que cette femme aux cheveux ternes qui portait des lunettes… Avec un balayage et des lentilles de contact…

Peg.

J'expirai.

Qu'avais-je bien pu faire ? Pourquoi m'en voulait-elle autant ? Était-ce simplement parce que j'étais publiée, que j'avais du succès, et pas elle ?

Était-ce tout bonnement dû à la jalousie ?

Bang !

Le bruit était plus sourd depuis l'étage, mais Wesley n'avait pas renoncé à essayer de sortir. Je devais me dépêcher de mettre les voiles. Mais d'abord, il fallait que je trouve des chaussures. Les miennes étaient peut-être dans les parages.

Je fourrai le livre et mon arme dans mon sac à main, et me retournai.

Je sursautai.

La Flûte était dans l'encadrement de la porte. Elle cachait quelque chose dans sa main droite, sa fichue flûte dans l'autre main. Bouche bée, elle me regardait avec des yeux ronds. Je lui renvoyais très probablement la même image ; elle semblait aussi surprise que moi.

– Je vais le dire à maman !

– Oh oui, c'est ça, vas-y, petit monstre ! crachai-je en me ruant vers l'autre porte, espérant qu'elle menait à l'extérieur.

Mais la Flûte se jeta aussitôt sur moi, attrapa mon bras gauche et le tordit.

Je poussai un hurlement et lâchai mon sac. Je tendis alors la main pour m'emparer de la seule chose qui pouvait m'aider. Sa flûte. Ce fut la bonne décision, car elle me lâcha immédiatement le bras pour essayer de récupérer son instrument.

Mais mon cœur battait à cent à l'heure, j'avais chaud, et j'étais folle de rage. Je levai un genou, visai son ventre et lui décochai un bon coup de pied. Elle tomba à la renverse, sans la flûte, que je serrais dans ma main.

Je levai le bras au-dessus de ma tête et baissai les yeux sur elle.

Sur le dos, la Flûte ne quittait pas son instrument des yeux, l'air enragé.

– Rends-la-moi ! cria-t-elle en tendant la main vers la mienne.

– T'as plus intérêt à me faire chier, grondai-je férocement.

Et je frappai de toutes mes forces la flûte contre l'encadrement de la porte, la pliant presque en deux.

Elle poussa un cri strident qui me fit reculer de quelques pas. Je jetai la flûte endommagée vers la porte de la cave. Elle tinta en heurtant le parquet et glissa vers la porte ouverte. La Flûte se précipita à quatre pattes pour la récupérer.

Je la suivis en courant.

Elle était si obsédée par son instrument qu'elle ne vit pas que j'étais derrière elle. Je l'empoignai et la poussai dans l'escalier ; elle se rattrapa de justesse à la rampe après avoir dévalé quelques marches. Elle commençait à remonter quand je refermai la porte, et j'eus tout juste le temps de voir ce qu'il y avait dans sa main droite.

Un téléphone portable Hello Kitty.

Je lui claquai la porte au nez et poussai le verrou en espérant que ce vieux machin rouillé tiendrait le coup.

Une seconde plus tard, la Flûte glapissait :

– Maman ! Elle est sortie ! Elle est sortie !

Je pris une grande inspiration. Il était temps de filer.

19

La Flûte hurlait toujours au téléphone, ce téléphone que dans ma précipitation je n'avais pas remarqué, ni même suspecté. J'aurais voulu ouvrir la porte pour le lui arracher des mains, mais je savais que c'était idiot. J'avais une fenêtre de tir pour m'évader, et elle était probablement déjà en train de se refermer.

Je tournai la tête vers les portes de chaque côté de la pièce. La Flûte était probablement au lit avant que je tombe sur elle, donc celle-là menait aux chambres, a priori. Je m'élançai vers l'autre. Le couloir était sombre, à peine éclairé par la lueur qui provenait du salon. Je tâtonnai à la recherche d'un interrupteur, en vain. La main sur le mur, j'avançai dans l'obscurité.

Mes veines charriaient un tel flot d'adrénaline que mon épaule ne me faisait presque plus mal. Butant sur une porte, je l'ouvris en grand. Je fus saisie par l'air plus frais, et la sensation d'un espace plus grand qui sentait l'huile de moteur.

Cette fois, mes doigts trouvèrent un interrupteur et j'allumai la lumière.

C'était un garage simple, avec des taches sombres sur le sol en ciment. Je m'avançai en descendant l'unique marche et cherchai des yeux la commande d'ouverture de porte. Je vis un boitier blanc pourvu d'un bouton, sur lequel j'appuyai. Rien.

– Allez !

Je pressai de nouveau le bouton. Est-ce qu'on pouvait verrouiller une porte de garage ?

Je retournai au salon aussi vite que je le pouvais. En passant devant la porte du sous-sol, j'entendis des voix.

Wesley parlait avec la Flûte. Lui avait-elle ouvert la porte ?

Bang !

Je tressaillis.

La Flûte n'avait pas déjà pu trouver la clé. Heureusement que j'avais pensé à la jeter ! Malgré tout, dès qu'elle mettrait la main dessus, j'aurais du souci à me faire. La porte du haut ne résisterait pas longtemps si Wesley s'y attaquait. Je traversai le salon en vitesse et empruntai l'autre porte, la main sur le mur à la recherche de l'interrupteur. Je le trouvai, et la lumière inonda la cuisine. Un sol carrelé, des placards blancs, deux chaises rouges de chaque côté d'une table, rouge également, et dessus, un bouquet de pivoines blanches dans un vase. Juste derrière, une autre porte, et une fenêtre qui donnait sur l'extérieur.

– Enfin !

Il me faudrait partir pieds nus, mais tant pis.

Je courus à la porte et tournai la poignée. Rien. C'était une poignée ronde avec un bouton-poussoir au centre qui actionnait le verrou. Un peu plus haut sur la porte, il y avait un loquet, que je rabattis d'un coup sec avant de réessayer la poignée.

Rien.

Allez !

Il y avait encore un autre mécanisme au-dessus. Je m'aperçus alors qu'il avait été enclenché de l'extérieur.

Je donnai un coup de poing dans la vitre, la faisant trembler. *On se fout de ma gueule là, ou quoi ?*

Dehors, des phares balayèrent l'allée. Je me baissai. Au moins j'avais mon arme et je pourrai…

Non.

J'avais lâché mon sac dans l'autre pièce en me bagarrant avec la Flûte, le sac qui contenait ma lame.

Je ne pouvais pas affronter Peg à mains nues. Je n'aurais aucune chance face à elle.

Il y avait un bloc de couteaux sur le meuble de l'autre côté de la pièce. Je m'accroupis et traversai la cuisine, puis me relevai et saisis un couteau.

Le manche noir était épais dans ma main, et la lame avait une drôle de forme qui se terminait en pointe. Je déglutis. Du moment qu'elle était bien aiguisée… Je retournai au salon en courant.

En bas, Wesley gueulait :

– Mais cherche-la, idiote !

J'allai me tapir derrière le canapé, le plus gros meuble de la pièce, en me glissant aussi loin que possible. J'avais le nez contre le tissu poussiéreux, et le dos collé au mur. Par chance, la lampe se trouvait de l'autre côté de la pièce, et j'étais presque complètement plongée dans l'obscurité. C'était une bonne cachette, malgré son inconfort.

J'entendis la porte se déverrouiller, puis s'ouvrir.

Je retins ma respiration.

Des pas rapides dans la cuisine, puis un silence. Un cliquetis. Avait-elle posé quelque chose sur le plan de travail ? D'autres pas, plus lents.

Peg passerait devant la porte du sous-sol en me cherchant. Si la Flûte avait réussi à libérer Wesley entre-temps, elle les ferait sortir.

Et il était évident que face à eux trois j'étais cuite.

Ma meilleure chance – ma seule chance – était d'affronter Peg avant qu'elle n'atteigne cette porte. Avant qu'elle ne les fasse sortir. Je me mordis la lèvre et m'apprêtai à me glisser hors de ma cachette.

Attends attends attends.

Et si elle descendait d'abord ?

Je pourrais la claquemurer avec les autres. Je n'avais pas entendu la porte de la cuisine se refermer ; elle était encore ouverte. Il n'y avait pas eu de bruit de clés. Elles étaient sans doute encore dans la voiture de Peg.

Tout ce que je devais faire, c'était sortir par la porte de la cuisine et prendre sa voiture pour m'enfuir.

Les pas s'arrêtèrent sur le seuil du salon.

Je n'osai pas regarder. Elle devait être non loin de la porte du sous-sol. Wesley brailla quelque chose, et la Flûte lui répondit de sa voix stridente.

– Où êtes-vous ? appela Peg.

J'entendis le bruit sourd du loquet qu'on tirait.

Pitié pitié pitié. Descends.

La porte s'ouvrit avec un grincement.

Je fermai les yeux en retenant mon souffle, à l'écoute de ses pas. *Allez, descends, descends.*

J'étais à l'affût, prête à bondir sur la porte dès qu'elle aurait entamé sa descente. De combien de marches ? Cinq ? Je hochai la tête. J'attendis de commencer à compter.

Allez, vas-y. Avance.

Mais je ne percevais aucun mouvement.

En me penchant sur le côté, centimètre après centimètre, j'approchai mon visage du bord du canapé. Puis je risquai un œil hors de ma cachette.

Peg se tenait devant la porte qui menait au sous-sol. Elle avait dû se changer pour son rendez-vous galant avec l'agent Ritchie, car ses cheveux bouclés étaient à présent détachés, et elle portait un débardeur noir, un jean qui découvrait ses chevilles et…

Mes chaussures. Mes ballerines en cuir à trois cents dollars.

Je n'en croyais pas mes yeux. *Non mais quel culot !*

Le front de Peg se plissa tandis que ses yeux se posaient sur quelque chose à terre. Je suivis son regard.

Quelque chose de rouge.

Mon sac à main.

Peg jeta un coup d'œil à l'étagère sur laquelle je l'avais découvert. Elle s'en approcha et glissa la main dans l'espace où mon livre se trouvait encore quelques instants plus tôt, puis elle redressa le dossier rouge juste à côté.

– Où es-tu, Olivia ? demanda-t-elle.

Mon estomac se noua.

Je rentrai la tête derrière le canapé pour qu'elle ne dépasse plus. Le front appuyé sur le tissu, j'essayais de ne pas inhaler trop de poussière.

– Je sais que tu es toujours là, continua-t-elle, parce que la porte du garage est cassée et qu'il faut une clé pour sortir par la cuisine.

Je pris une profonde inspiration et ma main serra le manche du couteau. Peg commencerait peut-être par aller chercher Wesley en renfort. Mais si elle décidait de se passer de lui…

L'effet de surprise pouvait être une arme en soi, tout comme le couteau. En combinant les deux, j'avais peut-être une chance de m'en sortir. Je n'avais qu'à mettre Peg hors d'état de nuire, et la voie serait libre. En étais-je capable ? Ma dernière tentative avait tourné court.

Il fallait que celle-ci soit la bonne.

Je levai le couteau.

Attention. T'as pas intérêt à te louper, cette fois.

Non.

Je ne me louperais pas.

Je pris une grande inspiration et je me jetai sur Peg en criant de toutes mes forces.

Prise au dépourvu, elle écarquilla les yeux et ouvrit la bouche. Elle n'eut que le temps de lever les mains devant elle alors que je chargeais. Trébuchant en arrière, elle atterrit à plat dos sur le pouf.

Mes jambes heurtèrent le siège et je ne pus m'arrêter, emportée dans mon élan.

J'atterris sur Peg, mon visage à quelques centimètres du sien.

Elle empoigna immédiatement mon épaule gauche et la tordit. Je hurlai et tentai de la frapper au visage, mon couteau toujours en main. Elle esquiva le coup et saisit mon poignet. Je ne pouvais pas changer de position sans lâcher le couteau, alors je frappai de nouveau, aussi fort que je le pouvais, en visant son épaule.

Toute la colère et la frustration de ces trois derniers jours étaient concentrées dans la force de mon coup ; mais Peg bougea au dernier moment et le reçut en pleine gorge.

La lame s'enfonça presque comme dans du beurre. Je poussai un cri de terreur et la retirai brusquement, m'attendant à ce que le sang jaillisse.

– Oh mon Dieu ! m'écriai-je avant même d'avoir vraiment compris ce qui s'était passé.

Peg ouvrit grands les yeux et porta la main à son cou.

Mais…

… il n'y avait qu'un filet de sang, loin du torrent auquel je m'étais attendue.

Le couteau me tomba des mains et atterrit avec un bruit sourd tandis que je dégringolais moi-même du pouf et reculais en glissant sur mes fesses.

– Je ne voulais pas faire ça !

Peg se redressa lentement pour s'asseoir, le visage blanc comme un linge. Elle n'était pas mortellement blessée, apparemment, mais ce n'était tout de même pas la grande forme.

En m'aidant du fauteuil tout proche, je me relevai.

– Je m'en vais maintenant.

Elle fit une tentative pour se mettre debout, à l'instant même où quelqu'un touchait mon dos.

Je hurlai et me retournai en improvisant une riposte de mon bras valide.

L'agent Ritchie l'attrapa promptement.

– Tout va bien.

– Non ! Laissez-moi partir ! Je veux partir !

Il ne me lâcha pas, mais ne resserra pas sa prise pour autant, pas plus qu'il ne tenta de me maîtriser davantage.

– Olivia, tu es en sécurité. Je suis venu m'assurer qu'elle te libérerait.

Je cessai de me débattre.

Disait-il la vérité ?

Peg prononça à haute voix ce que j'étais en train de penser :

– Quoi ?

Il posa les yeux sur elle.

– Tu dois la libérer. *Je* la libère.

Peg s'appuya d'une main sur le pouf pour se relever, l'autre main toujours pressée sur sa plaie. Le sang ruisselait de son cou.

– Tu ne peux pas faire ça.

– Si.

Ritchie semblait tout à coup plus grand.

Peg lui lança un regard noir.

– Je vais tout raconter à ta femme.

– Tant pis, dit-il en secouant la tête. Mais je ne peux pas te laisser faire une chose pareille. J'aurais dû la libérer dès que j'ai su ce qui se passait. Je suis désolée de ne pas l'avoir fait, dit-il en se tournant vers moi.

Peg recula jusqu'au mur sans quitter Ritchie des yeux, puis elle se laissa glisser à terre. Elle secoua la tête et ferma les yeux.

– D'accord, lâcha-t-elle enfin, saignant toujours, l'air vaincu, pour la première fois.

Un cri perçant déchira le silence, me glaçant l'échine.

La Flûte s'élança à travers la pièce pour se jeter sur moi. Elle me percuta sous le thorax et me fit tomber à la renverse ; je vis son visage écarlate déformé par l'hystérie, avant qu'elle ne me saute sur la poitrine.

Je hurlai de douleur. Avant que j'aie pu faire le moindre geste, Ritchie l'empoigna sans ménagement et la souleva de terre pour l'éloigner. Elle se débattait en tous sens et donnait des coups de pied dans le vide en piaillant, jusqu'à ce qu'il lui mette la tête en bas pour la tenir par les pieds.

– Du calme !

Je m'assis par terre. Mon cœur affolé s'était remis à cogner furieusement dans ma poitrine.

Mais Ritchie était grand et costaud, et elle n'était qu'une gamine rachitique.

Tout va bien. Il la tient. C'est fini.

Je m'adossai au siège le plus proche, m'accordant une minute pour souffler avant de me remettre debout.

– Maman ! continuait de hurler la Flûte, en luttant pour se dégager de l'emprise de Ritchie.

Ses tresses balayaient presque le sol, et ses genoux étaient quasiment à la hauteur du menton de Ritchie. Elle cessa de gigoter un instant pour me fusiller du regard.

– T'as tué ma maman !

– Non, c'est faux ! me récriai-je.

Je pointai Peg du doigt. Elle avait du sang étalé partout sur la gorge, si bien qu'elle semblait porter un col roulé couleur framboise écrasée. Tout de même, on voyait bien qu'elle n'était pas morte.

– Regarde. Elle va bien. Elle est juste…

La Flûte envoya son poing dans l'entrejambe de Ritchie.

Les genoux de l'agent cédèrent et il lâcha la Flûte qui s'écrasa au sol. Elle se pencha sur lui un instant puis s'écarta vivement. Elle tenait quelque chose entre ses mains.

La Flûte posa un genou à terre et se tourna vers moi en plantant son regard empli de haine dans le mien.

Je baissai lentement les yeux vers le canon noir du revolver qu'elle braquait sur mon visage.

Un éclair de terreur traversa mon corps, me paralysant.

La main de Ritchie s'abattit sur son holster vide.

– Rends-le-moi tout de suite !

La Flûte semblait avoir du mal à tenir le revolver des deux mains. S'il n'avait pas paru aussi lourd, et en faisant abstraction de l'étui vide au ceinturon de Ritchie, j'aurais pu me convaincre que ce n'était qu'un jouet.

Je fixai le canon, puis, en levant les yeux, la Flûte.

J'avalai ma salive.

Quoi, après tout ce cirque, j'allais quand même finir par mourir ?

– Je suis sérieux ! Donne-le-moi ! répéta Ritchie en tendant la main vers elle, son visage déformé par la douleur.

– Non ! Je la hais !

La Flûte fronça les sourcils en me dévisageant et assura sa prise sur le revolver.

Peg se leva.

– Chérie, donne le revolver à Ritchie.

– Non !

La Flûte se mit debout et recula d'un pas.

– Elle ne peut pas tirer, n'est-ce pas ? murmurai-je.

Ritchie ne répondit rien.

Peut-être son silence était-il une réponse.

Pas satisfaisante à mon goût.

– Il y a une sécurité, non ?

Ritchie ne regardait pas dans ma direction.

– Il y a une sécurité interne qui permet d'éviter les tirs accidentels.

– Qu'est-ce que ça veut dire ?

– Qu'on ne peut tirer qu'en appuyant volontairement sur la détente, répondit-il à voix basse.

– Euh, je crois qu'elle est volontaire, là !

Ritchie secoua la tête et se dressa sur ses genoux, puis tendit ses mains ouvertes vers la Flûte.

– Il faut que tu me donnes cette arme maintenant.

Il s'avança de quelques centimètres.

La Flûte nous regardait à tour de rôle. Elle pointa son arme sur lui.

– N'approche pas !

Il stoppa.

Elle braqua de nouveau le revolver dans ma direction.

Et donc, il n'y avait pas de cran de sûreté pour l'empêcher de presser la détente. Je bredouillai :

– S'il te plaît, ne...

Je dressai ma paume tremblante devant moi comme un bouclier dérisoire. Je ne savais pas quoi faire d'autre.

S'il te plaît, ne me tue pas.

– Ce n'est pas un jouet, et il faut que tu me le rendes.

– Je sais que c'est pas un jouet ! tempêta la Flûte en agitant un peu le revolver en l'air avant de l'abaisser un instant, visiblement fatiguée de le tenir à bout de bras. Elle a fait mal à maman et à Freddy ! reprit-elle.

Hein ? C'est qui, ce Freddy ?

– Qui est Freddy ? demanda Ritchie.

– Ma flûte !

Peg passa devant Ritchie et s'immobilisa à côté de moi.

– Ma chérie, commença-t-elle d'une voix tremblante en tendant la main qui n'était pas sur son cou. Pose le revolver, s'il te plaît. Je vais bien.

– Non ! rugit la Flûte sans me quitter des yeux. Je la déteste. Je l'ai toujours détestée.

« Toujours » ? J'avais passé à peine plus de quarante-huit heures ici et ça comptait comme « toujours » ?

– Je veux qu'elle s'en aille.

À moitié caché derrière Peg, Ritchie se mit sur ses pieds, comme un chat prêt à bondir.

Il fallait que je détourne l'attention de la Flûte.

– Je m'en vais ! Je m'en vais tout de suite.

– C'est trop facile ! Je veux que tu t'en ailles POUR TOUJOURS ! hurla-t-elle tandis que son doigt commençait à presser la détente.

OhmonDieuellevavraimentmetuer.

Je me mis à crier.

Ritchie se précipita sur elle.

Le voyant s'approcher, elle fit volte-face et appuya sur la détente.

BANG !

Je continuai de crier ; il bondit sur elle et s'empara du revolver, le levant bien haut tandis qu'il la plaquait au sol.

Je soufflai.

C'était fini.

La Flûte l'avait manqué.

La Flûte *m*'avait manquée.

Tout va bien. C'est fini maintenant.

Puis je me tournai vers Peg.

Elle était affalée par terre, les mains crispées sur sa poitrine tandis que le sang lui giclait entre les doigts. Sous son corps, une tache rouge sombre s'élargissait peu à peu.

– Maman ! cria la Flûte.

Ritchie se releva, et la fillette se rua sur sa mère en braillant.

– Maman !

L'agent rangea en vitesse son arme dans son étui, attrapa sa radio et appela les secours.

Chancelante, je parvins à me mettre debout et titubai en direction de la cuisine. Je passai devant la porte ouverte du sous-sol.

Toujours pas de Wesley.

Je me retournai pour voir Peg étendue sur le sol. La Flûte avait posé sa tête sur sa poitrine ; le sang de sa mère se collait à ses cheveux et lui barbouillait le visage.

Je courus à la cuisine et dérapai en pilant à la vue d'un téléphone sur le comptoir, un téléphone avec une coque noire à pois blancs. *Mon téléphone.* Je le raflai d'une main tremblante.

Les cris perçants de la Flûte me faisaient frémir. Je sortis de la maison et dévalai les marches puis galopai le long de l'allée, dépassant la voiture de patrouille de Ritchie, jusqu'à une bande d'herbe drue qui me piquait les pieds.

Je m'arrêtai sous l'éclairage de jardin.

La nuit était chaude. L'air, légèrement humide, sans un souffle de vent. J'entendais des grillons chanter. C'était un bruit sympathique. Réconfortant.

Dehors. J'étais dehors. L'air était si pur.

Après avoir empli mes poumons de cet air merveilleux, je pivotai pour embrasser la maison du regard.

Elle était toute blanche.

C'est une blague ?

La maison des horreurs était peinte en *blanc*, avec des volets bleu pastel. Derrière les fenêtres, la lueur chaude des éclairages lui donnait un air douillet. Normal.

Je m'étais vaguement attendue à des fenêtres condamnées, à un ranch de briques à moitié délabré, envahi par le lierre. Qui croirait que j'avais été séquestrée ici ? En voyant la demeure coquette, les fleurettes pimpantes, on balaierait mon histoire d'un : « Tu as tout inventé. »

Non, je n'ai rien inventé. C'est vraiment arrivé. Ils m'ont gardée prisonnière ici.

Je reculai dans l'ombre et me cachai derrière un arbre. De là, je pouvais tout voir en restant invisible, aussi longtemps que je le voudrais. La boîte aux lettres se trouvait à quelques mètres, avec l'adresse écrite sur un morceau d'adhésif réfléchissant.

613, CHEMIN DES PÂQUERETTES.

Mais bien sûr.

Je restai là jusqu'à ce que les sirènes recouvrent le chant des grillons.

Les premiers secours.

Pour Peg.

Qui continuait à se vider de son sang.

Le hurlement des sirènes se rapprochait. Quand l'ambulance remonta l'allée à tombeau ouvert, je la suivis, en restant dans l'ombre.

Un grand brun qui ressemblait à un bûcheron sortit en premier du véhicule, suivi de près par une petite blonde. Tous deux portaient le même uniforme bleu foncé. Ils se précipitèrent dans la maison.

Incapable de retourner à l'intérieur, je restai debout près des marches.

Mon téléphone vibra. Je touchai l'écran sans réfléchir.

– Olivia ? interrogea ma mère d'une voix suraiguë, proche de l'hystérie.

– Maman… Viens me chercher, s'il te plaît.

– Oh mon Dieu, mon bébé, où es-tu ?

– Je ne sais pas.

Je fondis en larmes. Une autre voiture de police débarqua, celle du shérif du comté. Un homme d'un certain âge s'avança vers moi, accompagné du cliquetis de son ceinturon ; il était chauve et tout en muscles, vêtu d'un uniforme vert foncé. Il me dévisagea, puis son regard se posa sur mon écharpe de fortune.

– Mademoiselle ? Vous êtes blessée ? demanda-t-il en fronçant les sourcils.

– Oui.

Mes genoux flanchèrent, et je n'eus que le temps de m'effondrer dans ses bras avant de m'évanouir.

20

Je repris conscience à l'arrière d'une ambulance, allongée sur un brancard, enveloppée jusqu'à la taille dans une couverture blanche. J'inspirai profondément.

Enfin. Sauvée.

– Y a quelqu'un ?

Quelqu'un parlait à l'avant dans la radio, et des bavardages me parvenaient du dehors par les portes ouvertes. On entendait une sirène mais ce n'était pas celle de mon ambulance.

Y en avait-il une autre ?

Je glissai hors du lit et fis quelques pas chancelants vers l'extérieur. Je m'agrippai au bord de la porte et sortis la tête.

Des lumières bleues et rouges clignotaient dans la nuit. Une ambulance stationnait à une cinquantaine de mètres, entre les deux véhicules de police. Juste devant, un brancard avec un corps recouvert d'un drap blanc.

Peg ?

Mes jambes menaçaient de me lâcher, aussi je retournai m'étendre sur le lit.

Était-ce vraiment fini ?

L'habitacle remua légèrement quand l'agent Ritchie grimpa à bord, se voûtant pour éviter de se cogner la tête au plafond.

Je me redressai.

Il semblait souffrir du coup de poing que la Flûte lui avait assené.

– Est-ce qu'elle est…

J'avais pris un ton gentil et compatissant, aussi je me tus. Je voulais que Peg soit morte. Non ?

Il hocha la tête, une seule fois, lentement.

– Ce n'est pas moi, dis-je.

– Je sais.

– Ils sont au courant ? Le shérif ? Il sait que ce n'est pas ma faute ?

– Oui. Ils sont au courant. Ils savent tout, dit-il, avant de me tendre mon téléphone. Le shérif dit que tu l'as fait tomber tout à l'heure.

– Merci… Et merci de m'avoir sortie de là.

– Si je t'avais libérée dès que je t'ai trouvée… (Il regarda au-dehors sans terminer sa phrase.) On n'en serait pas là, soupira-t-il, visiblement sur le point de pleurer.

S'estimait-il responsable de la mort de Peg ? Il semblait atterré, mais pas comme quelqu'un qui vient de perdre un être cher. Il avait plutôt l'air partagé entre le chagrin et le soulagement.

– Je te jure, je venais de passer une heure à convaincre Peg de te libérer, à lui répéter que cette histoire de vengeance n'avait aucun sens.

– Mais quelle vengeance ? Elle n'arrêtait pas de dire que je devais m'excuser, et je n'ai aucune idée de ce dont elle parlait. Je sais qu'on avait participé au même atelier d'écriture, mais c'était il y a longtemps, j'ai oublié ce que j'ai pu lui dire ou lui faire à l'époque. J'avais quatorze ans !

Il ne répondit pas, et je n'ajoutai rien. Puis il haussa les sourcils.

– On a trouvé Wesley enfermé au sous-sol. Il prétend que tu l'as attaqué avec un couteau.

– Pas un couteau. La réglette de coupe d'un rouleau de papier ciré.

– Vraiment ? s'étonna Ritchie.

Je hochai la tête.

– Elle est dans mon sac à main. Quelque part dans la maison. Le rouleau était rangé dans une caisse au sous-sol.

– Futé, commenta-t-il en inclinant légèrement la tête, l'air respectueux.

– J'ai fait avec ce que j'avais.

– J'aurais dû te sortir de là dès que je t'ai vue, répéta-t-il en regardant ses pieds.

– Qu'est-ce qu'ils vont faire de Wesley ?

– Il a déjà eu des ennuis avec la justice. L'année dernière, le juge l'a envoyé passer quelque temps dans un centre pour jeunes délinquants, une histoire de fraude sur Internet.

– Et la Fl… (Je déglutis.) Et sa fille ?

Il haussa les épaules.

– Il y aura une expertise psychiatrique, ça, c'est sûr. Après… Elle a un père, quelque part. Et les parents de Peg décideront peut-être de devenir ses tuteurs légaux.

Je frissonnai à l'idée de la savoir en liberté.

– Il faut qu'elle suive une thérapie.

– Elle recevra les soins dont elle a besoin, m'assura-t-il.

– Et moi ?

– La police va te poser des questions. Et tu diras la vérité. Sur tout ce qui s'est passé.

– Je ne dirai pas que vous m'aviez déjà vue.

Je ne savais pas bien pourquoi ; j'imagine que je me sentais redevable à son égard.

– Ne mens pas pour me protéger. J'ai commis une erreur.

Il semblait sincère. Et triste. Il s'en voulait donc, pour Peg.

– Vous avez fini par faire votre devoir.

Je demeurai silencieuse un moment, songeant au danger qu'il avait couru quand la Flûte s'était emparée de son revolver. Il avait risqué sa vie, lui aussi.

– Et si on ne me croit pas ?

– Peg n'est pas… Peg n'était pas folle. Elle a seulement eu un coup de sang. On croira à ta version des faits. Ce n'est pas très difficile d'imaginer qu'elle a pu être capable de faire ça. Surtout en tenant compte des antécédents.

Faisait-il allusion à l'atelier d'écriture ?

Avant que j'aie pu le lui demander, il me tendit un morceau de papier.

– Voilà mon numéro, si tu as des questions, ou besoin de quoi que ce soit.

Il resta encore un instant, puis me laissa seule. L'ambulance remua de nouveau tandis que quelqu'un d'autre entrait, la blonde que j'avais vue se précipiter dans la maison un peu plus tôt.

– Comment tu te sens, ma grande ?

– Je suis sortie de là, au moins.

– Ça fait mal ? demanda-t-elle en examinant mon épaule.

Je hochai la tête.

– J'ai fait un tonneau avec ma voiture vendredi. Je n'ai pas bougé d'ici depuis.

– D'accord. Il faut qu'on t'emmène à Eugene pour faire des radios, mais ça risque de secouer un peu. Je vais te poser une perfusion.

Elle enfila une paire de gants blancs en latex, puis elle sortit divers produits de l'armoire vitrée qui courait sur toute la longueur du véhicule au-dessus de nos têtes.

– Qu'est-ce que c'est ?

– Le fentanyl ? C'est un antidouleur, m'expliqua-t-elle en prenant ma main droite. Est-ce que tu es allergique à la codéine ou à la morphine ?

– Je ne crois pas. Seulement au venin d'abeille.

Elle déplia un petit strapontin noir et s'assit dessus. Après avoir nettoyé les traces de sang séché sur ma main, elle ouvrit un kit d'antisepsie et me tamponna le dos du poignet avec une compresse imbibée d'alcool.

– Est-ce que tu suis un traitement en ce moment ?

– Non.

– Est-ce que tu es enceinte ?

J'eus envie de rire, mais n'en fis rien.

– Hum, non.

Elle ouvrit un autre sachet et j'aperçus une aiguille. Je tournai immédiatement la tête de l'autre côté et fixai la paroi de l'ambulance.

– Ça va piquer un peu, ma grande.

Une pointe de feu dans le dos de ma main. Je fermai les yeux.

– Impeccable, c'est allé tout seul. Ça va ?

Comment dire ? Ça allait très, très moyennement pour l'instant.

– Attends, je vais accrocher ça.

J'ouvris les yeux et tournai la tête vers elle. Après avoir raccordé la perfusion au cathéter, elle immobilisa celui-ci sur le dos de ma main avec un sparadrap, puis suspendit la poche de plastique remplie d'un liquide cristallin à un crochet fixé à la paroi de l'ambulance. Elle régla ensuite la molette de plastique sur le tube.

– Ça peut te rendre un peu somnolente.

– D'accord.

Elle posa une main sur ma jambe.

– Le policier a dit que tes parents étaient déjà en route.

– Super.

Je commençais à me sentir étourdie.

Elle resta à mes côtés un moment.

Tout se déroulait exactement comme prévu : j'avais besoin d'aide, et quelqu'un d'attentionné venait s'occuper de moi. Mais cette scène aurait dû avoir lieu le vendredi, juste après mon accident.

Une raison de plus pour haïr Peg. Même si elle était morte.

Une sirène retentit et je sursautai.

La femme blonde appuya un peu plus fort sa main sur ma jambe.

– C'est juste l'autre ambulance qui s'en va.

Peg était donc partie pour de bon.

Et la Flûte était entre les mains des policiers.

Wesley aussi.

C'était enfin terminé.

Ils ne pourraient plus me faire de mal.

Notre ambulance démarra. Les premiers mètres chaotiques malmenèrent un peu mon épaule et je grimaçai le temps que la douleur s'estompe. L'ambulance accéléra. En quelques minutes, mes paupières se firent de plus en plus lourdes.

Je m'éveillai dans une chambre d'hôpital, le bras gauche maintenu en écharpe, la douleur sourde qui ne m'avait pas lâchée depuis vendredi enfin apaisée.

Je portais une blouse d'hôpital bleu clair, propre et repassée. Le cathéter de l'intraveineuse avait disparu ; un pansement recouvrait le dos de ma main. Je fermai le poing.

– Aïe.

Il y avait sans doute une belle ecchymose sous le pansement.

Je vis un gobelet et un pichet en plastique jaune sur la petite table de lit. Je pris le gobelet pour boire une gorgée. C'était de l'eau. Je le vidai d'une traite et m'en servis un second d'un geste peu assuré. Le simple fait de soulever le pichet me faisait mal, et j'en versai davantage à côté que dans le gobelet. Je bus tout de même le peu que j'avais réussi à me servir. Mon estomac gargouillait.

J'entendis des voix dans le couloir. La porte s'ouvrit en grand, et mes parents s'engouffrèrent dans la chambre.

– Oh, Dieu merci, ma chérie !

Maman se précipita et me prit doucement dans ses bras, tandis que papa s'approchait de mon chevet pour m'embrasser sur le front.

– Que s'est-il passé ? demanda maman.

Je secouai la tête.

– Est-ce qu'on peut parler d'autre chose ?

Elle jeta un bref coup d'œil à mon père.

– Bien sûr, mon ange. On a parlé au médecin.

– Qu'est-ce qu'il a dit ?

– Elle, corrigea mon père. Tu as une luxation de l'épaule, des ligaments distendus et une légère commotion cérébrale.

– Ce sera tout ? demandai-je en levant les yeux au ciel.

– Des petites contusions et quelques bosses.

J'aurais pu les diagnostiquer toute seule, celles-là. Et j'avais eu raison, pour mon épaule. Heureusement, je n'étais pas consciente quand ils l'avaient remise en place.

– Je veux rentrer à la maison.

– Un peu plus tard, quand tu seras d'aplomb, dit papa.

– On ne peut pas y aller tout de suite ?

– Les policiers attendent pour te parler, dès que tu seras prête, dit maman en posant sa main sur la mienne.

– Ça ne peut pas attendre ? grommelai-je en reposant la tête sur l'oreiller.

– Autant en finir le plus vite possible, dit maman en s'asseyant sur le bord du lit.

Elle ne fit pas d'autre commentaire, et mon père non plus.

Mon ventre gargouilla de plus belle.

Papa se redressa.

– Je vais te chercher quelque chose à manger.

– Demande d'abord à l'infirmière, intervint maman. Elle a peut-être un régime particulier à suivre.

– Non, dis-je, avec plus d'autorité que je n'en avais jamais eu. Je ne suis pas malade. J'ai été kidnappée. Il n'y a pas d'interdits alimentaires dans ces cas-là.

Papa et maman échangèrent un regard furtif.

Je m'assis dans mon lit.

– Quoi ?

Les yeux de maman s'emplirent de larmes.

– C'est bien le problème. Personne ne nous a rien dit. À part que cette femme était morte, dit maman d'une voix étranglée, avant de se reprendre. Ma chérie, que s'est-il passé exactement ?

Je pris une grande inspiration.

– En deux mots ? J'ai fait un tonneau avec ma voiture. Cette femme m'a emmenée chez elle et elle m'a enfermée dans son sous-sol. J'étais prisonnière ! Elle m'a brutalisée !

Maman détourna le regard. Papa posa une main sur son épaule tout en me regardant dans les yeux.

– Comment ça, brutalisée ?

Je secouai la tête.

– Peu importe.

Je fis un geste vague pour désigner mon épaule. Je n'avais pas envie de revenir sur la torture psychologique ; ça ne ferait que remuer le couteau dans la plaie.

– Ça va aller. Mais je m'en fous, qu'elle soit morte ! Bien fait pour elle !

Maman se força à sourire, puis se pencha pour ramasser un sac Macy's qu'elle me tendit.

– Ma puce, je t'ai acheté des vêtements de rechange. Et de quoi faire ta toilette.

Quelqu'un frappa à la porte et papa alla ouvrir. Il se pencha au-dehors avant de se tourner vers moi.

– Le shérif est là pour prendre ta déposition.

– Et après, on pourra la ramener à la maison ? demanda maman.

Papa sortit une seconde, puis rentra en acquiesçant.

– Ouf, soupirai-je avant de prendre le sac des mains de ma mère. Tu veux bien sortir, le temps que je me change ?

– Bien sûr. On sera juste à côté. Et ils nous feront sortir par l'arrière, pour éviter les journalistes.

– Il y a des journalistes ? Comment est-ce qu'ils m'ont trouvée ?

– Les réseaux sociaux. Quelqu'un dans l'hôpital a donné l'info.

Je sortis du sac un pantalon de yoga noir et un tee-shirt rouge à manches longues. Les mains tremblantes, je le soulevai pour enfouir mon visage dans le tissu incroyablement doux, et inspirai. Ça sentait le neuf. Le propre. Le paradis.

Il y avait une culotte et une brassière blanches, et une paire de tongs noires. Je me débarrassai de la blouse d'hôpital et m'habillai en vitesse. C'était si agréable d'enfiler de nouveaux vêtements... Ceux que j'avais portés tout le week-end, je ne pouvais plus les voir en peinture.

J'emportai le sac à la salle de bains et me contemplai dans le miroir. Heureusement qu'on allait pouvoir éviter les journalistes, parce que j'avais encore une sale gueule.

Je n'avais plus les yeux aussi cernés. Les petites coupures et la grande éraflure sur ma joue cicatrisaient et s'estompaient peu à peu. Je trouvai une brosse et des élastiques dans le sac ; je me fis une queue-de-cheval lâche, la seule coiffure réalisable d'une seule main. *Tout rentre dans l'ordre, ou presque.*

Maman avait acheté divers articles de toilette : du déodorant, du dentifrice, une brosse à dents, du fil dentaire, un mascara Clinique, de l'ombre à paupières gris anthracite et un tube de rouge à lèvres de ma couleur préférée. Je l'appliquai sur mes lèvres après m'être brossé les dents environ dix-neuf fois d'affilée. Négligeant le reste du maquillage, je remis tout en vrac dans le sac.

Puis je m'adressai un sourire dans le miroir.

– Finissons-en, que je puisse voir Rory.

21

Le shérif vint lui-même recueillir ma déposition dans ma chambre d'hôpital, et maman resta avec nous, davantage en tant qu'avocate que mère, apparemment. Mais le shérif me demanda simplement de raconter les faits, ne m'interrompant à l'occasion que pour se faire expliquer certains détails, que je lui livrai bien volontiers ; après tout, je ne faisais que dire la vérité. Il ne me donna pas le sentiment que j'étais une criminelle, puisque je n'en étais pas une, bien sûr. Je n'omis que l'épisode où je m'étais pissé dessus, et celui où Wesley m'avait vue à demi-nue à travers la fenêtre. Comme il ne me demandait pas de précisions au sujet de l'agent Ritchie, je me gardai bien de lui en donner.

J'hésitais à le blâmer pour ne pas m'avoir aidée immédiatement quand il m'avait découverte. Mais je savais combien Peg était vicieuse. Elle lui en avait peut-être fait baver, à lui aussi. Quelque chose me disait qu'il valait mieux laisser tomber.

À la manière qu'il avait de me poser plusieurs fois la même question en la tournant différemment, je sentais que le shérif essayait de débusquer d'éventuels mensonges. Mais le truc avec la vérité, c'est qu'on la raconte toujours de la même façon. Au bout d'une heure, j'avais mal à la gorge à force de parler, et lui semblait convaincu que je n'avais menti sur aucun point.

Une infirmière entra avec une chaise roulante.

– C'est le règlement de l'hôpital.

Je pris le sac Macy's et mon téléphone sur la table de chevet. Un morceau de papier tomba en voletant. L'infirmière le ramassa et me le tendit.

C'était le numéro de téléphone de Ritchie, que je fourrai dans le sac.

J'avais un sourire jusqu'aux oreilles en prenant place à l'avant du 4 X 4 de mon père. Maman s'installa à l'arrière. On s'arrêta à un *drive* pour commander des hamburgers, des frites et un milk-shake à la vanille pour moi.

En arrivant devant la maison, je vis plusieurs voitures qui stationnaient devant l'entrée.

– C'est quoi ? demandai-je.

– La presse, dit maman. Baisse-toi.

Je me coulai au bas de mon siège le temps que papa franchisse le portail.

Une fois dans la maison, je montai dans ma chambre pour essayer de contacter Rory sur Skype. Pas de réponse.

Je pris un long bain avant de faire une nouvelle tentative. Rien.

J'étais morte de fatigue. Je me mis au lit, mais je n'arrivais pas à dormir. Dès que mes yeux se fermaient, je ne pouvais pas m'empêcher de les rouvrir aussitôt en grand pour m'assurer que je n'étais pas enfermée dans un sous-sol, prisonnière d'une dingue.

Je me relevai pour vérifier une nouvelle fois que ma fenêtre était bien fermée, puis j'ouvris les rideaux pour laisser entrer le clair de lune. Je retournai au lit et regardai dehors.

Et puis je finis par m'endormir.

Lorsque je m'éveillai, je n'osai pas ouvrir les yeux. Avais-je pu rêver les dernières vingt-quatre heures ? Étais-je toujours dans ce sous-sol ? Captive ?

Je posai la main sur mon épaule gauche. Immobilisée par une écharpe. Une écharpe qui n'avait pas été improvisée avec un pull en cachemire.

Lentement, j'ouvris les yeux.

J'étais sous un édredon blanc. Au bout de mes pieds, je voyais le bois de lit en arbousier sculpté, une commande spéciale que j'avais faite à une artiste de la région. Je levai la main au-dessus de ma tête pour sentir le bois poli sous mes doigts.

Je soupirai.

Chez moi.

Le soleil entrait à flots dans la chambre. Mon regard parcourut l'espace familier, la banquette rouge sous la fenêtre, la commode d'arbousier que j'avais achetée en même temps que le lit, le bureau où j'écrivais, surmonté d'un plateau en verre, mes deux ordinateurs portables, mon fauteuil de bureau ergonomique hors de prix. Le tirage au format A4 de la photo de profil de Rory que j'avais fait encadrer.

Je me détendis. Tout allait bien. Et tout irait parfaitement dès que je parviendrais à joindre Rory.

Je quittai le lit pour aller m'asseoir à la fenêtre, sur la banquette. Je contemplai au loin la chaîne des Cascades aux sommets encore enneigés à cause de l'arrivée tardive de l'été.

J'ouvris la fenêtre. L'air était doux. Le temps idéal pour décompresser tranquillement en passant la journée à ne rien faire dans la véranda. J'allai à la salle de bains me passer de l'eau sur le visage et me brosser les dents. Je venais d'enfiler un short en jean et un tee-shirt noir quand on sonna à la porte.

– Olivia ! appela ma mère.

Je descendis la retrouver dans notre immense cuisine. Billy, mon agent, était là, assis sur un tabouret de bar, dans son costume trois-pièces habituel, avec ses grosses lunettes à monture d'écaille qui lui donnaient un look d'intello élégant.

– Billy !

– Te voilà, ma belle ! s'exclama-t-il avec son fort accent britannique, les bras grands ouverts.

Je souris et lui sautai au cou.

– Je suis désolé de ne pas avoir pu venir plus tôt.

Il me garda dans ses bras serrés une bonne minute avant de relâcher son étreinte. Puis il prit mon visage entre ses mains et fronça les sourcils.

– Il ne faut surtout pas camoufler ça.

– Camoufler quoi ? demandai-je en grimpant sur le tabouret à côté du sien.

– Ton visage, dit-il après avoir pris une gorgée de thé glacé.

– Oh, sympa, rétorquai-je avec ironie, un brin vexée.

– Non, ma chérie, ce n'est pas ce que je voulais dire, corrigea Billy en riant. Je parlais de tes blessures de guerre. Hors de question de les faire disparaître sous le fond de teint. D'ailleurs, on ferait bien de se préparer, ajouta-t-il après avoir consulté sa montre.

– Se préparer pour… ?

Billy sourit.

– L'interview du « Today Show ».

– Oh mon Dieu ! m'écriai-je en mettant la main sur ma bouche. Tu es sérieux ?

Maman éclata de rire.

– Tu étais au courant ? lui demandai-je.

Je les regardai à tour de rôle, éberluée. Maman hocha la tête.

– Le « Today Show », tu te rends compte ?

Je n'étais pas sûre d'avoir envie qu'on me voie.

– Je ne suis pas prête.

– C'est important, mon ange, dit maman en jetant un bref regard à Billy. On a pensé qu'il valait mieux ne pas attendre.

– Il y a déjà tellement de spéculations autour de cette histoire, surtout avec la mort de cette femme. Autant donner ta version des faits dès maintenant.

Je n'étais vraiment pas motivée pour donner cette interview, mais ils avaient raison. Je me frottai les yeux et glissai de mon tabouret pour poser mes pieds nus sur le carrelage frais.

– Il faut que je me change. On a combien de temps ?

– Trois quarts d'heure, à peu près, dit Billy. Figure-toi qu'une de leurs journalistes était à Portland ; elle est en route, là.

– Comment je m'habille ? Qu'est-ce que je vais dire ?

Je ne savais même pas par où commencer.

– Du calme. Tu te remets à peine d'une épreuve terrible. Et tu n'as rien à cacher. C'est toi la victime, peu importe ce qui est arrivé à cette femme. Elle était dans son tort, et tu n'as pas de souci à te faire parce que tu dis la vérité. Pas besoin d'en faire des tonnes, tu restes naturelle et décontractée.

Je remontai sur le tabouret.

Il considéra un instant mon short et mon tee-shirt.

– Moins décontractée que ça.

Je levai les yeux au ciel et redescendis.

Il eut un sourire.

– Tu répondras simplement aux questions, en toute honnêteté. Reste toi-même. Parce que le public va adorer ça : l'adolescente qui a survécu au cauchemar.

– Quoi, et après ils vont se précipiter pour acheter mes livres ?

– J'espère bien !

– Et comment je me coiffe ?

– Quelque chose de mignon, qui te donne l'air d'une enfant, répondit-il du tac au tac. Vulnérable. On veut susciter le plus de compassion possible… Oh, et les larmes, c'est très bien ! Ne t'en fais pas si tu commences à pleurer !

– J'ose même pas imaginer combien tu aurais été heureux si j'avais été plus amochée que ça.

– Oh, arrête, dit Billy en me tapotant la main. Les regards sont braqués sur toi, et il faut en profiter au maximum. C'est tout.

– Je pourrais te faire deux tresses africaines sur les côtés, suggéra ma mère.

Je ne voulais plus jamais entendre parler de cette coiffure.

– Juste une queue-de-cheval, peut-être.

– Je leur dirai d'avoir la main légère sur le maquillage, dit Billy.

Je remontai à l'étage prendre une douche ; puis maman me sécha les cheveux et les coiffa en queue-de-cheval basse. J'enfilai un jean, des ballerines et un chemisier en lin blanc sans manches. Je me décidai pour une paire de créoles en argent, et me contemplai dans le miroir. Oui, tout était bien rentré dans l'ordre.

Lorsque je redescendis, un caméraman s'affairait dans la véranda, qui offrait la même vue splendide sur le mont Bachelor que ma fenêtre. Une femme blonde et mince qui portait une robe-fourreau grise et des escarpins noirs à talons hauts me tendit la main.

– Je suis Lucy Voss, de NBC News.

– Je suis très mal habillée, répliquai-je en lui serrant la main.

Sa tête me disait quelque chose. Elle sourit.

– Oh, il ne faut pas dire ça. Vous êtes superbe, Olivia.

Elle fit signe à une autre femme aux longs cheveux bruns, qui portait du rouge à lèvres violet et une robe légère à bretelles avec des rangers noires.

– Delilah, elle est prête.

– Par ici, m'appela Delilah en tapotant le siège en face d'elle.

Je pris place, et elle m'appliqua sur le visage une crème qui sentait bon. Elle avait les yeux d'un beau noisette doré.

– On ne va pas te maquiller à la truelle, promis. Ton agent veut que les spectateurs voient la vérité.

– La vérité ?

Delilah hocha la tête.

– Tu as traversé quelque chose de très dur, et tu t'en es sortie. Il faut que le public voie le courage dont tu as fait preuve.

J'ai fait preuve de courage ?

– Ça ne m'est pas venu à l'idée que j'avais été courageuse, en fait.

– Tu devrais envisager les choses sous cet angle, suggéra-t-elle avec un sourire.

Delilah m'épila rapidement les sourcils et ajouta un soupçon de mascara, avant de me mettre un peu de brillant à lèvres. Elle recula d'un pas et m'examina avec attention avant de déclarer, satisfaite :

– Tu peux y aller.

Il fallut encore quelques minutes au caméraman pour régler l'éclairage, puis il me fit signe de m'avancer. Je m'installai confortablement dans un fauteuil vert amande, en face de Lucy Voss. Elle se pencha vers moi pour fixer un micro au col de mon chemisier.

– Puisqu'on enregistre et qu'on aura le temps de monter l'entretien, je peux simplement vous interroger pour avoir vos réactions spontanées, plutôt que de vous briefer en amont.

Je jetai un coup d'œil à Billy. Il était au téléphone, mais il m'adressa un sourire en levant le pouce.

Je hochai la tête.

Mes parents se trouvaient à quelques mètres, derrière la caméra. Bras croisés, papa semblait préoccupé, mais maman souriait de toutes ses dents. Delilah avait disparu. Il n'y avait plus que la journaliste et moi, et le type caché derrière sa caméra.

– Je suis prête, annonçai-je.

– Fantastique. Je vais commencer par résumer les faits en me basant sur le rapport de police, pour que l'Amérique sache ce qui s'est passé. Mais on voudrait que vous nous racontiez ce que vous avez éprouvé durant ce calvaire.

Je fis un signe de tête.

Elle échangea quelques phrases avec le caméraman. Puis la caméra se mit en marche, les lumières m'éblouirent, et Lucy Voss me posa la première question.

– Livvy, l'Amérique a été captivée par votre histoire, depuis l'annonce de votre disparition vendredi dernier, jusqu'à ce qu'on vous retrouve le dimanche soir. Vous êtes une auteure à succès ; lors de ce terrible week-end, vous avez en quelque sorte plongé dans un roman de Stephen King. Alors aujourd'hui, comment vous sentez-vous ?

Je souris en désignant mon épaule.

– Mis à part le bras en écharpe, je me sens plutôt bien.

– Merveilleux. Pouvez-vous nous raconter à quel moment vous avez compris que vous aviez des ennuis ?

Des ennuis ?

– Mmh, quand j'ai eu mon accident de voiture, je dirais. Je savais que j'étais blessée à l'épaule et que j'avais peut-être un traumatisme crânien. Et que j'avais besoin d'aide. Mais...

L'Amérique allait-elle me croire si je racontais ce qu'avait fait la Flûte ?

– Je suppose que le plus dur a été de me réveiller dans ce sous-sol. J'étais dans un sale état, et je ne savais pas où je me trouvais.

– Et c'est là que cette femme vous a faite prisonnière ? demanda-t-elle, avec un poil trop d'enthousiasme à mon goût.

– Euh, oui. Enfin, j'étais déjà prisonnière. Je venais de comprendre que les secours ne viendraient pas, et qu'elle ne me laisserait pas partir. À ce moment-là, j'ai réalisé que je ne pouvais plus compter que sur moi-même.

Une mèche de cheveux me tomba sur les yeux. Je la coinçai derrière mon oreille.

– Alors vous ne saviez absolument pas pourquoi cette femme vous séquestrait ?

Je secouai la tête.

Ma mère souriait toujours ; mon père paraissait simplement nerveux.

– Donc, à cet instant, vous ignoriez qui elle était.

Pourquoi insistait-elle comme ça ? Je repris sa question comme un perroquet, avec une pointe de sarcasme :

– Oui, j'ignorais qui elle était.

Lucy Voss se tourna pour attraper un rouleau de papier ciré derrière sa chaise.

Est-ce qu'elle l'avait planqué là depuis le début ?

Elle me le tendit.

– Vous voulez bien nous montrer ce que vous avez fait pour vous échapper de cet horrible sous-sol ?

– Euh, d'accord.

Je coinçai l'étui cartonné entre mes jambes. Ma main tremblait un peu, mais je parvins à déchirer le bord auquel la réglette de coupe était fixée. Je pliai le métal dans un sens puis dans l'autre pour le couper en deux, comme je l'avais fait quelques jours plus tôt dans ma prison. Je montrai ensuite le morceau de métal à la caméra.

La journaliste me le prit délicatement des mains.

– Je dois dire que c'est une arme très ingénieuse.

Elle toucha la lame du bout des doigts, comme pour en éprouver le tranchant.

– Attention, c'est assez aig…

– Ouh là, c'est aiguisé ! s'exclama-t-elle en constatant qu'elle s'était coupée.

Quelle andouille.

– Eh oui…

– Qu'avez-vous fait avec ceci ? questionna-t-elle en posant la lame à côté d'elle.

Je déglutis. Je n'avais pas très envie de décrire le moment où j'avais laissé Wesley me fourrer sa langue dans la gorge.

– Elle avait un cousin… Quand elle s'est absentée, il est venu me voir au sous-sol. J'ai réussi à l'attaquer par surprise, et j'ai eu juste le temps de sortir de la pièce et de l'enfermer dedans.

Lucy Voss dodelinait de la tête sans discontinuer.

– Et qu'avez-vous fait alors ?

– Je suis montée à l'étage et j'ai essayé de sortir de la maison.

Je sentis mon pouls s'accélérer. J'avais l'impression de revivre toute la scène, du simple fait d'en parler. Je commençai à me demander si cette interview était vraiment une bonne idée.

Elle eut un froncement de sourcils, très léger, qui lui donnait une expression pensive sans pour autant déformer son joli minois. Je me demandai combien de temps elle s'était entraînée devant le miroir.

– Y avait-il quelqu'un d'autre dans la maison ?

– Oui. La fille de cette femme.

– Avez-vous été forcée de l'attaquer, elle aussi ?

Je niai avec véhémence. Raconter aux gens que j'avais cogné une gamine n'augmenterait en rien mes ventes ; même si c'était elle qui avait tué sa mère.

– Je… Je me suis débrouillée pour qu'elle se retrouve dans l'escalier de la cave et je l'ai enfermée aussi, expliquai-je. Je ne lui ai pas fait de mal.

Je ne pouvais pas en dire autant de sa flûte.

Lucy Voss prit un air admiratif.

– C'est incroyable que vous ayez réussi à vous échapper toute seule, malgré votre blessure, dit-elle avant de jeter un œil à son calepin. Et puis la femme, que vous ne connaissiez que sous le nom de Peg, est rentrée.

J'acquiesçai en silence.

– Et alors ? Qu'est-il arrivé ensuite ?

J'hésitais. Est-ce que je voulais vraiment que l'Amérique sache ce que j'avais fait ?… Mais après tout, ils avaient déjà eu la version des journalistes. Autant raconter toute la vérité, rien que la vérité.

– J'ai pris un couteau dans la cuisine, et j'avais prévu de me défendre. (Je me redressai sur mon siège et levai le menton.) Je voulais juste rentrer chez moi.

– Et puis un agent de police a été alerté de la situation, et c'est au cours d'une lutte que la femme a été abattue avec son arme de service, c'est bien ça ?

– Oui, mais ce n'est pas moi qui ai tiré.

Je ne savais pas si l'histoire était connue en détail, j'ignorais ce que les journaux avaient raconté. Je regrettai de ne pas m'être renseignée.

– Sa fille avait pris le revolver, ajoutai-je.

– Oui, nous sommes au courant.

La journaliste consulta de nouveau son calepin, et marqua un temps avant de reprendre.

– Et maintenant que vous savez qui elle était, qu'est-ce que ça change pour vous ? De savoir qu'elle avait peut-être tout prévu depuis longtemps ?

Je fronçai les sourcils et coulai un regard vers Billy. Les journalistes étaient-ils au courant pour l'atelier d'écriture auquel Peg et moi avions participé ? Savaient-ils que nos chemins s'étaient déjà croisés ? Billy ne semblait pas surpris. Je décidai de jouer les imbéciles.

– Je ne sais pas de quoi vous parlez.

– Cette femme, Peg, comme vous l'appelez… C'était Judith Margaret Cutler. Vous ne le saviez pas ?

Judith Margaret Cutler. Ça me disait vaguement quelque chose. Mais qu'est-ce que ça pouvait bien changer pour moi ? Je secouai la tête.

– Je ne vois pas ce que…

Je m'interrompis en voyant Lucy Voss brandir une édition d'*À la poursuite des sorcières.*

Je tombai des nues.

– J.M. Cutler est l'auteure de ce roman pour jeunes adultes, qui est paru environ six mois après le vôtre, *La Conjuration des sorcières.*

J'agrippai le bras du fauteuil.

– C'est pas vrai !

Mon cœur rata un battement. Je m'étais inquiétée de ce que l'histoire pouvait donner, racontée de mon point de vue ; j'avais eu peur que les gens soient désolés pour Peg, puisqu'elle était morte. Et je ne pouvais qu'imaginer comment elle avait vécu toute l'affaire. Coupable de plagiat ou pas, elle avait été traînée dans la boue par mes fans. Mais cette révélation venait appuyer ma version des faits. Non seulement Peg savait parfaitement qui j'étais, mais en plus elle nourrissait une rancune tenace à mon égard.

– Billy ? Tu étais au courant ?

La journaliste leva les yeux au ciel et fit mine de se trancher la gorge.

– On coupera ça au montage. On reprend.

– Non.

Je ne voulais pas que le pays voie ma réaction en découvrant que ma ravisseuse, qui m'avait physiquement et psychologiquement malmenée ces derniers jours, était la même personne que celle qui m'avait mis les nerfs en boule quand son livre était sorti, bien avant ce funeste week-end. Lucy Voss n'aurait pas son putain de scoop. Pas avec moi, en tout cas.

– Pas question. Je m'arrête là, dis-je en arrachant le micro fixé à mon chemisier avant de le jeter aux pieds de la journaliste. Cette interview est *terminée*, grondai-je en me levant d'un bond. Billy ? Quand est-ce que tu l'as su ?

J'allai me planter devant lui. Il faisait toujours semblant d'être très occupé avec son téléphone.

– Billy !

Il soupira et finit par me regarder en face.

– OK, on m'a prévenu tout récemment et…

– Et tu n'as pas jugé utile de me mettre au courant ? (Je fis un geste en direction de la journaliste.) Tu as tout arrangé en sachant qu'elle m'annoncerait qui était Peg devant la caméra ? Comment tu as pu me faire ça ?

– Mais tu ne comprends pas ? Ce n'est pas juste une folle sortie de nulle part, dit Billy.

– Ça rend l'histoire beaucoup plus poignante, ma chérie, ajouta maman.

– Ce n'est pas une histoire ! C'est ma vie !

Les larmes que Billy espérait tant voir me nouaient la gorge.

– Je ne veux pas m'occuper de ça, pas maintenant. Et il est hors de question que ce soit diffusé.

Papa me prit le bras.

Lucy Voss s'était approchée de moi.

– On peut continuer dès que vous vous sentez prête, dit-elle dans mon dos.

– J'ai terminé.

Je montai l'escalier à toute vitesse, courus me réfugier dans ma chambre et claquai la porte. Alors, seulement, je laissai couler mes larmes.

22

Maman vint d'abord toquer à ma porte, puis ce fut au tour de papa, puis de Billy. Je les envoyai tous sur les roses. Alors, même Lucy Voss tenta sa chance :

– Olivia, on peut faire cette interview comme vous le sentez. On n'est pas obligées de parler de J. M. Cutler si vous n'en avez pas envie.

Je levai le poing et lui adressai un doigt d'honneur derrière la porte.

– Casse-toi, murmurai-je.

Elle finit par obtempérer.

Il n'y avait qu'une seule personne à qui j'aurais voulu parler. Une seule personne que j'avais envie de voir. Rory. Je pris sa photo encadrée et l'embrassai. Puis j'allumai mon ordinateur portable pour lancer Skype et cliquai sur la photo de Rory puis sur APPEL VIDÉO. La sonnerie retentit, mais je me déconnectai presque aussitôt.

Non. Je ne voulais pas skyper.

Ce n'était pas suffisant. Du tout. Je méritais plus. Je voulais voir Rory en personne. En face à face. Je voulais pleurer tranquillement sur son épaule, plutôt que de me moucher devant mon écran tandis qu'il me regarderait depuis l'autre bout du pays.

Je restai dans ma chambre jusqu'à être à peu près sûre que tout le monde était parti, puis j'ouvris ma porte et tendis l'oreille. Papa et maman discutaient dans la cuisine, mais je n'entendais personne d'autre. Je descendis l'escalier à pas de loup et m'approchai de la porte de la cuisine. Oui, ils étaient bien seuls. J'entrai.

– Où est Billy ?

Ils s'interrompirent.

– Je n'étais au courant de rien. Je ne savais pas que cette bonne femme était la plagiaire, dit maman.

– Où est Billy ? répétai-je.

– À l'hôtel, dit papa. Il veut revenir te voir plus tard.

– Eh bien, il attendra, répliquai-je, exaspérée.

– Est-ce que tu as faim, ma chérie ? demanda maman.

– Non. Je veux aller à Chicago.

Tous deux prirent un air désapprobateur.

– Tu viens juste de rentrer, tu ne t'es pas encore complètement remise. On pourrait partir en vacances la semaine prochaine, peut-être…

– Il ne s'agit pas de vacances. Je veux voir mon petit ami.

Papa et maman échangèrent un regard.

– Ce garçon avec qui tu parles sur Skype ?

– Oui, mais ce n'est pas juste un garçon avec qui je parle sur Skype. Je l'aime, et il m'aime. Je veux le voir en vrai. J'en ai marre d'attendre.

– Tu ne vas pas y aller toute seule, protesta maman. Je vais réserver un vol pour nous deux.

J'eus un geste d'impatience.

– Très bien. Je m'en fous que tu viennes avec moi. Je veux juste y aller. Et *j'y vais.*

Papa se gratta le menton.

– Qu'est-ce que tu sais de ce garçon, au juste ?

– Tout. Il a mon âge ; il suit un million de cours optionnels pour entrer à la fac. (Je soupirai.) C'est un mec bien, papa. Crois-moi.

Il esquissa un sourire.

– Bon, et il vit où à Chicago, exactement ?

Je me mordis la lèvre.

– Je ne sais pas précisément. On a toujours utilisé seulement Skype.

Papa et maman se regardèrent de nouveau du coin de l'œil.

– Arrêtez de faire ça ! m'exclamai-je. Vous ne pouvez pas simplement m'aider à le trouver ? Je voudrais lui faire la surprise.

– On va t'aider, bien sûr, dit maman. Je suis sûre que Billy a des contacts qui pourraient…

– Non !

Ils me dévisagèrent étonnés.

– C'est une affaire personnelle ! Je ne veux pas que Billy s'en mêle, sinon la terre entière sera au courant.

– Je vais m'en occuper, intervint mon père.

– Merci, papa, soupirai-je.

Il alla chercher le bloc-notes posé près du téléphone et déboucha un stylo.

– Alors. Comment s'appelle-t-il ?

– Rory. (Je souris.) Rory Calhoun.

Papa éclata de rire.

– D'accord. Mais son vrai nom, c'est quoi ?

Je fronçai les sourcils.

– C'est son vrai nom.

Papa coula un regard vers maman.

– Arrêtez ! m'écriai-je. Arrêtez de vous regarder en douce comme si j'étais débile !

– Ma puce, dit doucement papa. Tu n'es pas débile. J'ai seulement trouvé ça drôle parce que Rory

Calhoun était un acteur des années 50. Ta grand-mère était folle amoureuse de lui.

– Oh. Eh bien, peut-être que la mère de Rory était fan aussi.

– Peut-être, admit maman. Comment s'appellent ses parents ?

– On ne parle pas de ses parents, dis-je avec un haussement d'épaules.

Papa griffonna son nom sur le bloc-notes.

– Bon, on a un nom, pas de parents, pas de lieu précis. Et son école ?

Je secouai la tête.

– Je ne sais pas.

Nouveau regard de biais.

Je frappai le comptoir du plat de la main.

– Arrêtez !

– C'est seulement que tu n'as pas l'air de savoir grand-chose au sujet de ce garçon, argua maman.

– Je sais ce que j'ai besoin de savoir ! Il m'écoute, et il est là pour moi, et on a énormément de choses en commun, et il m'aime ! C'est ça qui compte ! Le reste, c'est des détails, putain !… (J'inspirai profondément et m'assis sur un tabouret.) S'il vous plaît, aidez-moi simplement à le retrouver.

– Bien sûr, dit papa. On va t'aider. D'accord ? On va t'aider. Mais ça va peut-être prendre un jour ou deux. D'accord ?

J'expirai.

– D'accord.

– Tu as un peu de temps devant toi, dit maman. Tu pourrais en profiter pour te détendre pendant que ton père s'occupe de ça. Est-ce que ça t'irait ?

J'opinai en silence.

– Bon, maintenant, est-ce que tu as faim ?

– Je crève la dalle.

Après avoir déjeuné d'une copieuse salade et d'une glace menthe-chocolat, je retournai m'isoler dans ma chambre. Je voulais annoncer à mes parents que j'avais décidé de ne pas aller à la fac, du moins pour le moment. Mais puisque je leur en faisais déjà voir de toutes les couleurs avec Rory – sans parler du fiasco du « Today Show » et de J.M. Cutler – je songeai qu'il valait mieux attendre un peu que les choses se tassent.

Et il y avait un autre sujet que j'avais besoin de creuser. Que s'était-il passé à l'atelier d'écriture pour que Peg en vienne à me haïr à ce point ?

J'exhumai un carton rempli de papiers au fond de mon placard. Mon système d'archivage, particulièrement sommaire, se résumait à tout empiler en vrac dans ce carton. Ainsi je ne perdais jamais rien, puisque tout était centralisé là-dedans. Mais lorsqu'il s'agissait de retrouver un document précis, j'éprouvais cruellement les limites de mon organisation. De ma main valide, je traînai le carton jusqu'à ma descente de lit. Je m'y assis en tailleur et, adossée au matelas, j'entrepris de vider le carton. Je tombai tout d'abord sur un brouillon de *La Conjuration des sorcières.*

Je commençai à le parcourir.

Je me rappelais le moment où j'avais entamé cette histoire. J'étais dans l'avion qui nous ramenait à la maison, ma mère et moi, après ce fameux atelier d'écriture à Los Angeles. J'étais aussi excitée qu'angoissée à l'idée de commencer à écrire ; j'avais hâte de m'y mettre, mais j'avais peur de ce qui se passerait si j'échouais. Bien entendu, l'excitation avait été plus forte que l'angoisse, et j'avais jeté sur le papier les idées qui me venaient.

Le temps que l'avion atterrisse à Redmond, juste au nord de Bend, j'avais déjà tracé les grandes lignes de mon roman.

Je posai le brouillon par terre et sortis un autre manuscrit. Il avait fallu compter six mois de travail pour que mon histoire tienne la route. Puis un mois supplémentaire, le temps que Billy accepte de me représenter. Je laissai de côté le paquet de feuilles raturées, de même que les deux manuscrits suivants que je trouvai. Et puis, enfin, je mis la main sur ce que je cherchais : le fameux dossier rouge, identique à celui de Peg.

Je n'avais pas mis le nez dedans depuis des années.

Je le posai sur mes genoux et l'ouvris. Sur le dessus, la photo de groupe, que j'écartai sans la regarder. Il y avait ensuite les pages annotées de mon manuscrit, sur lequel les autres participants avaient donné leur avis. Je relus l'histoire en diagonale. Bon sang, ce que c'était nul. J'avais soumis une histoire débile de garçon tombant amoureux d'une vampire. C'était une tentative de réinterprétation de *Twilight*, avec une inversion des rôles. Je secouai la tête en feuilletant les sept exemplaires sur lesquels mes condisciples avaient écrit leurs remarques. Comment avais-je pu passer d'un truc aussi débile à une œuvre géniale en l'espace de quelques heures seulement ? Je veux dire, mon idée pour *La Conjuration des sorcières* était si *bonne*, si vendeuse.

Le destin, sans doute. J'étais née pour écrire cette histoire.

Je fixai mes orteils un moment. À quel moment précis cette idée m'avait-elle traversé l'esprit ? Nous étions dans l'avion, assises en première classe, je m'en souvenais. Maman avait pris un verre de vin, moi, un soda au gingembre, et nous avions partagé des crackers avec du fromage et des fruits secs. C'était tout ce qui me revenait en mémoire.

Ça faisait pas loin de quatre ans, tout de même.

Je continuai de parcourir les documents et m'arrêtai tout à coup. Sur le manuscrit de quelqu'un d'autre, il y avait une remarque écrite de ma main. C'était bizarre, je croyais pourtant avoir rendu tous les textes à leurs auteurs, à l'époque. J'avais écrit : *Je verrais plutôt des sœurs jumelles (habitant Portland, peut-être ?), et la mère piégée dans des livres plutôt que des bijoux ? Ce serait trooooop bien...*

Fébrilement, je relus le texte. Des jumeaux, un garçon et une fille, vivent avec leur grand-mère à Salem, dans le Massachusetts. Dans le grenier, ils découvrent que leur mère est prise au piège dans le pendentif d'un collier et décident de se mettre en quête des pierres assorties pour la libérer. Il y avait un petit mot de l'auteur sur la dernière page : *Merci mille fois d'avoir lu mon texte ! J'espère que ça t'a plu. :-) JMC*

JMC. Judith Margaret Cutler ?

Je me figeai. Peg.

J'avais trouvé l'inspiration dans son manuscrit. Je l'avais oubliée, mais elle s'était souvenue de moi. Elle savait que c'était moi qui avais piqué son idée, et pas l'inverse.

Les feuilles s'échappèrent de mes mains et s'éparpillèrent au sol.

J'avais pris l'idée de Peg, en changeant quelques détails, et je me l'étais appropriée. Était-elle encore suffisamment proche de la sienne pour être considérée comme du vol ? Pourrait-on penser une chose pareille ?

J'attrapai l'ordinateur portable posé sur mon lit et me rendis sur Goodreads, avant de taper fiévreusement « *À la poursuite des sorcières* par J.M. Cutler ».

Je passai les critiques en revue. La plupart des lecteurs inscrits sur le site avaient donné deux étoiles au livre, parfois trois ; il n'avait pas suscité un enthousiasme délirant, donc. Puis je tombai en arrêt devant un commentaire. Quelqu'un avait écrit : « Tout a été pompé sur *La Conjuration des sorcières.* Elle s'est contentée de changer quelques petites choses par-ci par-là. Livvy Flynn devrait lui faire un procès. »

Mon cœur battait à tout rompre.

– Bordel.

Pas étonnant que Peg ait gardé une dent contre moi. J'avais transformé son idée en un succès planétaire.

Je secouai la tête. Non. *Non !*

Les écrivains débutants se demandaient toujours s'ils devaient déposer leurs textes pour les protéger avant de les envoyer à des maisons d'édition ; c'était l'une des premières choses que j'avais apprises sur ce milieu. Mais on ne peut pas mettre de copyright sur une idée. « Une fille tombe amoureuse d'un vampire. » N'importe qui pouvait écrire une histoire à partir de cette phrase.

L'idée de Peg ? Un frère et une sœur partent à la recherche de leur mère disparue, prisonnière d'un objet.

Non, vraiment… Je n'avais rien fait de mal.

D'accord, le résumé de Peg m'avait peut-être donné une idée, mais quelle quantité de matière à best-seller y avait-il dans ces quelques pages ? Certainement pas l'intégralité d'une trilogie. En dehors du thème des deux enfants qui cherchent à libérer leur mère, tout le reste, c'est bien moi qui l'avais imaginé. Toutes les intrigues secondaires, les histoires d'amour, les créatures maléfiques… C'était mon œuvre. J'avais élaboré moi-même 99,9 % de l'histoire ; il suffisait d'avoir une poignée de neurones en état de marche pour l'admettre.

En outre, mon livre était sorti avant celui de Peg. Donc, seules Peg et moi connaissions la vérité. Peg, moi… et les autres personnes de notre groupe de travail durant ce fichu atelier d'écriture. Mais en avaient-elles gardé un quelconque souvenir ? Je ne parvenais pas à me rappeler le moindre résumé des histoires des autres. Je ne m'étais même pas rappelé celui de Peg.

Et l'écriture était une discipline tellement égocentrique ; tout le monde, après cet atelier, s'en serait retourné de la même manière que moi : prête à attaquer mon propre récit, me fichant éperdument des gens que j'avais rencontrés là-bas.

Est-ce que les autres participants avaient eu vent de mon succès ? Évidemment, à moins de vivre dans une caverne. Si quiconque avait suspecté quoi que ce soit et tiré des conclusions au sujet des similitudes entre ces histoires, n'aurait-il pas ouvert la bouche ? Peg elle-même n'avait pas dit un mot.

Je soupirai. Je n'avais plus besoin de me demander pourquoi Peg m'en voulait autant. Quand elle avait cherché à me cacher dans la salle d'eau et que Ritchie m'avait trouvée, elle avait fait un commentaire du style : « C'est d'elle que je t'avais parlé. »

Donc, Ritchie était au courant. Voilà ce qu'il entendait par « antécédents ».

Que se passerait-il si cette histoire était dévoilée ?

Est-ce que les gens penseraient qu'elle avait une bonne raison de me kidnapper ? Estimeraient-ils que je l'avais bien mérité ?

Est-ce que tout le monde croirait que j'avais volé son histoire ?

Je pris une grande inspiration.

Peg était morte.

Et mon secret était bien gardé.

Tout de même, au bout d'un moment, je pris mon téléphone pour appeler un numéro que je n'avais jamais eu l'intention de composer.

– Ritchie à l'appareil.

– C'est Livvy Flynn.

– … Que puis-je faire pour toi ?

– Je n'ai pas dit au shérif que vous saviez que j'étais dans le sous-sol.

– Merci.

Je déglutis.

– J'ignore ce que vous savez sur moi. Et sur Peg. À propos de la fois où on a participé à cet atelier d'écriture à Los Angeles.

– Je connais sa version de l'histoire.

– Je l'avais totalement oublié jusqu'à aujourd'hui, mais… en fait, son idée de roman m'a inspirée pour écrire le mien. Mais je n'ai pas volé son histoire.

– Je pense qu'elle le savait. Mais elle en a tellement bavé… Dis-moi, que s'est-il passé quand tu as eu terminé d'écrire ton premier roman ?

– Euh, eh bien, j'ai pris un agent, et il s'est chargé de le vendre aux enchères.

– Aux enchères. Tu le dis comme si ça allait de soi. Et ensuite ?

J'avais envie de raccrocher. Mais je n'en fis rien : il connaissait mon secret.

– Ben, je suis partie en tournée avec ma mère et un attaché de presse.

– Quoi de plus normal ? ironisa-t-il. Dis-moi, combien as-tu été payée pour ce premier livre ?

– Le premier livre ou la trilogie ?

– Peu importe.

Je n'allais pas lui balancer au visage les cent cinquante mille dollars que j'avais touchés. *Par livre.*

– Un chèque avec cinq zéros.

– Tu sais combien Peg a eu pour son roman ? À ton avis.

Je n'avais aucune envie de jouer aux devinettes.

– Vas-y, dis un chiffre.

Je savais que mon contrat était particulièrement juteux. J'essayai d'estimer le montant d'une avance plutôt maigre.

– Hum, trente mille ?

– Dix mille. Et Peg était aux anges. Elle avait réalisé son rêve d'être publiée. Elle a vendu son roman trois mois avant que tu ne vendes le tien. À une filiale de ta maison d'édition. Tu le savais ?

Je l'ignorais totalement. Personne ne me l'avait jamais dit. C'était peut-être une des raisons pour lesquelles Billy s'était si fermement opposé à l'idée d'un procès.

– Non, je ne savais pas.

– Mais il y a eu un tel battage médiatique autour de ton contrat ; apparemment, le fabuleux destin de la jeune prodige littéraire marchait tellement bien que l'éditrice de Peg a préféré mettre son livre sur la touche quelque temps. Elle lui a dit qu'ils décaleraient sa sortie d'un an ou deux.

Je voyais bien l'idée, comme tous ces : « Si vous avez aimé *Hunger Games*, alors vous aimerez ceci. »

Je savais ce que Ritchie allait dire, alors je le devançai :

– Mais ça ne s'est pas passé comme prévu. Mes fans l'ont accusée de m'avoir copiée.

– Ils ont été très violents avec elle sur le Net. Tu sais comment elle a fêté la sortie de son livre, avant que toute l'affaire ne démarre ?

– Non.

– Une séance de dédicaces à la maison de la presse du coin. Il y avait trois personnes. Dont moi.

Je songeai à la somptueuse fête de lancement que mon éditeur avait organisée pour mon roman, à la librairie new-yorkaise Books of Wonder. J'avais signé tant d'autographes que maman avait dû aller chercher de la glace pour mon poignet au Starbucks d'à côté.

– Je pensais, enfin je croyais... Je croyais que tout le monde avait une tournée et beaucoup d'argent et...

Il resta silencieux un instant.

– Après t'avoir vue, j'ai demandé à Peg de m'expliquer pourquoi elle avait fait ça. Pourquoi elle te gardait prisonnière. Elle a dit que tout s'était passé très vite. Quand la petite a débarqué dans la maison pour la prévenir de l'accident de voiture, elle a d'abord voulu téléphoner aux secours. Mais cette gamine a l'habitude de raconter des salades, alors Peg est venue s'assurer qu'elle disait bien la vérité. Et quand elle a vu la plaque d'immatriculation personnalisée sur la route, elle a compris que c'était toi.

– Mais pourquoi ?

Ritchie ne répondit pas immédiatement.

– Peg savait que tu n'avais pas volé son histoire, en tout cas pas d'une manière évidente, et ça restait assez subjectif de toute manière. Elle n'avait aucun moyen de démontrer que ta trilogie provenait de ce que tu avais eu sous les yeux pendant l'atelier. Mais elle voulait essayer de prouver que tu la lui avais volée. Et elle a pensé que peut-être si tu...

– Si je restais assez longtemps dans ce sous-sol, je finirais par confesser quelque chose que je n'avais même pas fait ? complétai-je, incrédule. Sauf que je n'ai rien confessé du tout. Parce que je n'ai rien fait d'autre que d'emprunter une idée à quelqu'un. Ça arrive tout le temps.

– Je connais Peg. Je *connaissais* Peg... Je pense que quand elle t'a vue là, dans ta voiture, elle a perdu les pédales. Elle s'est dit : « Voilà l'occasion de la faire payer pour m'avoir volé mon rêve. »

– C'était mon rêve aussi. Pourquoi je n'avais pas le droit d'avoir ce rêve, moi ?

– Peg faisait une fixation sur toi. Elle lisait tout ce qu'elle trouvait à ton sujet sur Internet. Ça la rendait folle que tout soit si... facile, pour toi. Que tu reçoives automatiquement l'argent, le succès, la gloire, sous prétexte que tu avais écrit un livre. Je pense qu'elle était furieuse que tu ne te rendes pas compte que des tas de gens publient des livres chaque année sans rien avoir de tout ça.

Je ne savais pas trop quoi répondre.

– Est-ce que vous allez le raconter aux gens ?

– Ce n'est pas à moi de le faire. Et je pense que tu as assez souffert comme ça.

Je soupirai.

– Je dois y aller. Et... je suis désolée pour Peg.

– Moi aussi, finit-il par répondre, avant de raccrocher.

Je quittai ma chambre pour retrouver mes parents au rez-de-chaussée. Ils s'interrompirent à la seconde où j'entrai dans la pièce.

– De quoi vous parliez ?

– La police du comté de Lane est passée déposer tes affaires, dit maman en désignant ma valise.

– Ce n'est pas de ça que vous parliez, dis-je en m'asseyant.

Papa regarda d'abord ma mère, puis se tourna vers moi.

– Liv, j'ai fait quelques vérifications au sujet de ce garçon à Chicago.

– Tu veux bien l'appeler Rory, s'il te plaît ?

– Écoute-moi, Liv. J'ai demandé à un ami informaticien de le retrouver à partir de son profil Skype. Ce n'était pas complètement légal, je pense. Mais…

– Tu l'as retrouvé ? demandai-je en souriant.

– Tu es sûre qu'il habite à Chicago ?

Je me carrai dans mon siège.

– Évidemment. Pourquoi ?

– Ce n'est pas possible. En tout cas, il ne se connecte pas de là-bas. Ce n'est pas ce qu'indique son adresse IP.

– Qu'est-ce que ça veut dire ?

– D'abord, qu'il n'a pas été entièrement honnête avec toi. Peut-être que tu ne le connais pas aussi bien que tu le crois. Ou alors…

– Ou alors quoi ?

– Ou alors tu as eu affaire à quelqu'un de malveillant depuis le début. Ma chérie, il faut que tu envisages la possibilité que Rory ne soit pas une vraie personne.

Je secouai farouchement la tête.

– Il existe. Il *existe*.

J'avais un sentiment de déjà-vu. Il me semblait avoir déjà eu cette discussion.

Mon cœur rata un battement. Mais oui. C'était avec Wesley.

Je bondis sur mes pieds et renversai ma valise à terre, puis m'accroupis pour l'ouvrir.

Les vêtements étaient soigneusement pliés. Si la police avait fouillé ce bagage, alors elle avait ensuite tout bien remis à sa place. Je plongeai la main au fond, tâtonnant pour trouver la fermeture Éclair cachée du compartiment secret.

Je l'ouvris et fourrai la main dedans, m'attendant à le trouver vide. Mes doigts se refermèrent cependant autour de la couverture de cuir de l'épais carnet. Le ruban rouge se trouvait toujours à la dernière page que j'avais remplie, presque une semaine plus tôt. Mon carnet semblait intact.

Apparemment, personne ne l'avait trouvé.

Je le refermai.

Ma vie privée l'était toujours.

Mais alors, comment Peg avait-elle pu découvrir tous ces détails sur moi ? Ma trichotillomanie ? Et comment Wesley pouvait-il connaître tant de choses à propos de Rory ? Il savait parfaitement à quel moment on se retrouvait sur Skype. *Il a même répété mot pour mot ce que Rory disait toujours pour me souhaiter bonne nuit, bon sang.* Je me tournai vers mon père.

– D'où est-ce qu'il se connecte, alors ? De quelle adresse ?

– Je ne vois pas en quoi ça va t'aider à…

– Papa ! Donne-moi cette adresse !

Alors qu'il me tendait un morceau de papier, j'entendis soudain un bruit familier à l'étage. Skype.

– C'est lui ! C'est Rory !

Je froissai l'adresse dans ma main sans la regarder et m'élançai dans l'escalier à toute vitesse, grimaçant tandis que mon bras heurtait la rampe. Je fonçai dans ma chambre ; l'ordinateur était toujours posé sur mon lit. Je cliquai sans attendre sur RÉPONDRE AVEC VIDÉO.

– Rory ?

Silence. La fenêtre noire qui m'était familière apparut au milieu de l'écran.

– Rory ? Tu es là ? Tu me vois ? Tu m'as tellement manqué ! Je vais venir te voir !

Soudain, une lumière blanche envahit la fenêtre.

Avait-il réparé sa webcam ? Allais-je enfin le voir, et prouver à tout le monde que j'avais raison ?

– Rory, je suis tellement…

Mon enthousiasme s'évanouit brutalement lorsqu'une tête familière apparut à l'écran.

Un Wesley morose me regardait.

– Non. Non non non non…

Je secouai la tête tandis que mes yeux s'emplissaient de larmes. Je tremblais de tous mes membres. Je défroissai la boule de papier dans ma main.

« 613, chemin des Pâquerettes. Nimrod, Oregon. »

L'adresse de Peg.

Mon estomac se noua, et l'air me manqua tout à coup.

Voilà pourquoi sa voix me disait quelque chose.

Je plaquai la main sur ma bouche.

Noooooooooon.

J'étais amoureuse de Rory. Et il était amoureux de *moi.*

Il me trouvait belle. Il me l'avait dit.

Je me couvris les yeux.

Alors tout ça était bidon. Rory n'était personne d'autre que Wesley qui s'était joué de moi, me racontant ce que j'avais envie d'entendre. Alors...

Il ne m'aimait pas.

Il ne me trouvait pas belle.

Et j'étais terrifiée à l'idée que personne, jamais, ne me parle comme il m'avait parlé.

J'écartai les doigts. Wesley était toujours là.

Sa vue me donna la chair de poule, mais il fallait que je sache.

– Pourquoi tu n'es pas en prison ?

– Pourquoi j'y serais ? Peg était dingue. Et ils m'ont trouvé enfermé au sous-sol, en train de pisser le sang. J'ai coopéré sans faire d'histoires.

– Pourquoi tu l'as aidée ?

– Elle était complètement obnubilée par toi. Elle m'avait proposé de l'argent pour pirater ton e-mail et ton compte Facebook, mais j'avais déjà eu des ennuis en faisant ça. Alors j'ai eu une meilleure idée. Créer quelqu'un en qui tu aurais confiance, à qui tu parlerais. Et récolter quelques petits secrets, peut-être.

Il paraissait fier de lui.

– Rory, m'étranglai-je.

Ne pleure pas, ne pleure pas.

– Eh oui. Et comme je venais garder sa fille tous les dimanches soir, je prenais mon ordinateur avec moi et je skypais depuis son salon.

Toutes les pièces du puzzle s'assemblaient. La Flûte m'avait détestée d'emblée parce qu'elle me détestait déjà avant. Elle avait le béguin pour son cousin, elle devait savoir qu'on se parlait tous les deux sur Skype. Peut-être ne supportait-elle pas qu'il l'envoie se coucher pour passer du temps avec moi.

Mais je ne voulais pas de ce puzzle ! Je ne voulais pas que ce mensonge soit bel et bien la réalité.

Il fallait que je trouve quelque chose – n'importe quoi – qui ne collait pas.

– Mais j'ai cette photo…

Ma voix avait pris un ton geignard qui me mortifia.

– Je l'ai piquée sur le site d'un lycée de San Francisco. Tout le reste, c'est du pipeau. J'ai pris le premier nom que j'ai vu au générique d'un film qui passait à la télé.

Papa avait raison.

J'avais la sensation d'avoir une boule de billard dans la gorge. Je déglutis en faisant de mon mieux pour retenir mes sanglots.

Wesley reprit :

– Quand j'ai appris que tu étais chez Peg…

– Tu n'as pas songé à appeler la police ? demandai-je en tâchant de garder un ton neutre.

Il demeura un moment les yeux dans le vague.

– J'avais une dette envers Peg. C'est elle qui avait payé mon avocat, quand j'ai eu des ennuis l'année dernière. (Il soupira.) La famille, c'est sacré, quoi.

Je me déconnectai avant de fondre en larmes.

Rory n'existait pas. Personne ne m'aimait. Personne ne me trouvait belle.

C'était ça, la vérité. Et que ça me terrorise ou non n'y changeait rien ; il fallait bien que je me rende à l'évidence.

J'arrachai la photo encadrée au mur, et le verre heurta le sol en tintant. J'ôtai le tirage du cadre et déchiquetai rageusement l'image de Rory.

Puis je supprimai mon compte Skype.

Je m'étais fourvoyée sur toute la ligne.

Peg pouvait encore me faire du mal.

Je frappai du poing sur mon bureau et pleurai à gros bouillons.

Je la détestais.

Finalement, mes larmes se tarirent. Je m'essuyai les yeux en reniflant.

Peg était-elle vraiment la seule coupable dans cette histoire ?

Wesley était tout aussi responsable, non ?

Ils avaient tendu leur piège ensemble.

Mais ce piège n'aurait pas fonctionné sans ma participation.

Étant donné que dans la vraie vie j'avais à peine adressé la parole à un garçon depuis l'école primaire, il n'était guère surprenant que je me sois engouffrée dans la première relation virtuelle qui se présentait à moi.

J'allai chercher une boîte de mouchoirs à la salle de bains.

Les autres filles avaient un petit ami, ou au moins de l'intérêt pour quelqu'un de leur entourage. Elles auraient probablement ignoré le message d'un inconnu sur Internet, parce qu'elles avaient des vraies relations dans leur vie.

Moi, je n'avais personne. Pas d'amis. Et encore moins de petit ami.

Rory représentait exactement ce que je voulais. Quelqu'un qui disait exactement ce que j'avais envie d'entendre. Je n'avais affaire à lui qu'une fois par semaine, le dimanche soir ; je gardais toujours le contrôle.

Rory était parfait pour quelqu'un comme moi, parce qu'en vérité il y avait autre chose qui me fichait bien plus la trouille que de découvrir qu'il n'existait pas, qu'il ne m'aimait pas, qu'il ne me trouvait pas belle.

Ma peur suprême – qui était probablement une survivance de toutes ces années passées à être une victime – était de donner à quelqu'un le pouvoir de m'aimer *ou pas*, de me trouver belle *ou pas*.

Octroyer à quelqu'un la capacité de me blesser ; elle était là, ma vraie terreur.

Voilà pourquoi Peg et Wesley avaient tapé en plein dans le mille.

N'importe qui d'autre que moi aurait laissé tomber ce mec douteux pour se concentrer sur ses fréquentations réelles.

J'étais la cible idéale, attirée par cette relation commode parce que je n'avais pas le courage d'affronter les inconvénients d'une vraie personne, qui risquait de ne pas toujours aller dans mon sens.

Si je restais à la maison, je continuerais à être cette cible. À chercher une relation qui ne pourrait pas me faire de mal. On pourrait à nouveau me rouler dans la farine, parce que je n'aurais pas changé.

Ce n'était pas envisageable.

Il fallait que je retourne dans la vraie vie, même si ça me terrifiait.

Je ne pouvais pas rester indéfiniment terrée chez moi. Je devais aller à la fac.

Il n'y avait aucune raison valable de laisser la peur continuer à guider ma vie. Je n'avais pas seulement survécu à Peg, mais aussi à mon enfance. Et puis, il fallait que je cesse de me sentir coupable de m'en être sortie à peu près saine et sauve.

Peg n'était pas morte par ma faute, mais au bout du compte son décès avait tout de même quelque chose à voir avec moi. J'y avais contribué, dans une certaine mesure.

Mais j'avais payé pour ça, n'est-ce pas ?

D'abord en étant sa prisonnière.

Puis avec Rory.

Il n'était pas nécessaire que je me sente coupable.

Je resterais marquée à vie par ce que Peg m'avait fait subir.

Elle l'avait bien cherché. Elle aurait pu appeler les secours en me trouvant. Elle aurait pu faire en sorte que je sois hors de danger avant de m'attaquer sur mon œuvre et sur tout le reste.

Mais elle avait fait autrement.

Et elle en était morte.

La Flûte était orpheline.

Rien de tout ça n'était ma faute.

Je ne me sentais plus coupable que d'une chose. Et ce serait facile d'y remédier pour ne plus y penser.

Je me mouchai avant de prendre mon téléphone pour appeler Billy.

Il décrocha à la première sonnerie.

– Oui ?

– Je vais faire cette interview. À une condition.

– Laquelle ? Tout ce que tu voudras, dit-il précipitamment.

– Tu as de quoi noter ?

Je pris le papier et lui dictai l'adresse de Peg.

– Liv, que veux-tu que je fasse ?

– Je veux que tu fasses expédier une flûte traversière là-bas. La meilleure que tu puisses acheter.

Puis je raccrochai et jetai le téléphone sur le lit.

– Ça, c'est fait. Allez, on passe à autre chose maintenant.

Épilogue

Nous sommes un samedi après-midi de janvier, quinze jours après ma rentrée à l'université. Papa et maman ont accepté que je m'inscrive au deuxième trimestre. J'ai donné une interview au « Today Show », mais je n'ai pas tout raconté, au cas où j'aurais envie d'en faire un livre. J'ai ensuite passé le restant de l'été à finir le dernier tome de ma trilogie, avant d'entamer une tournée de promotion à l'automne, la dernière avant un bon moment.

J'avais espéré enchaîner immédiatement avec un nouveau roman, pour rester encore un peu à la maison. Mais j'avais passé presque toute une semaine devant mon ordinateur, les yeux rivés à une page blanche.

Des tonnes d'idées m'avaient traversé l'esprit, et plusieurs fois j'avais entamé un récit, mais rien ne tenait la route. Il était inutile de retarder encore le début de mes études.

Je n'avais plus d'excuses pour rester à l'écart du monde réel.

Alors, après le Nouvel An, j'avais mis ma valise dans ma nouvelle voiture, une Honda Civic noire sans plaque d'immatriculation personnalisée – je désirais un véhicule moins tape-à-l'œil qu'auparavant – et j'étais partie à Eugene.

Je ne sais pas quand – ni si – je commencerai un autre roman. J'aime assez la fac, les cours. J'en suis surprise d'ailleurs, n'ayant pas mis les pieds dans une salle de classe depuis la quatrième. Pour le moment, je n'essaie pas trop d'aller vers les autres. J'attends peut-être de trouver quelqu'un qui me ressemble. On dirait que je suis la seule étudiante originaire de l'Oregon dans ma résidence. J'ai l'impression d'avoir atterri dans un campus annexe de l'université d'État de Californie.

Mais c'est déjà bien pour moi d'être là, ailleurs qu'à la maison.

Je vais à mon rythme.

Je suis dans la salle commune de la résidence, agrémentée de gros fauteuils confortables et de canapés colorés. Tout le monde assiste au match de basket, ce qui est la raison pour laquelle je suis sortie de ma chambre.

Les groupes d'étudiants me causent toujours de petits accès de tachycardie. J'ai envie de m'intégrer, mais c'est tellement plus facile de ne pas essayer. C'est moins risqué, aussi.

Installée dans un canapé, je lis *Le Puits et le Pendule* pour un cours.

– Livvy ?

Je lève les yeux et j'aperçois une fille dans l'entrée. Je réprime un grognement. Sa boîte aux lettres est juste à côté de la mienne. Une fois, on est allées chercher notre courrier au même moment, elle a reconnu mon nom sur l'enveloppe, et depuis elle ne me lâche plus. Je l'évite autant que possible, mais là, je suis coincée.

Elle sourit et me tend une enveloppe.

– Elle a atterri dans ma boîte par erreur.

– Merci.

Je pose le courrier à côté de moi sans le regarder. *Va-t'en.*

Elle semble attendre, mais quoi, exactement ?

– J'ai une interro lundi, dis-je en désignant mon livre.

– À plus tard, alors.

Elle s'éloigne et je reprends ma lecture.

– C'est pas mon préféré, de Poe, dit une voix grave.

Mon cœur s'arrête.

Devant moi se tient un brun aux yeux bleus vêtu d'un jean et d'un tee-shirt vert sapin orné d'un O jaune, les couleurs du club sportif de la fac.

Rory.

Je déglutis.

Pas le faux Rory inventé par Wesley, évidemment. Mais ce garçon-qui-n'est-pas-Rory ressemble tellement à la photo que j'ai déchirée il y a plusieurs mois que j'en ai le souffle coupé.

– Je ne voulais pas te faire peur.

À la réflexion, il lui ressemble moins que ce que j'avais cru. La photo est devenue floue dans mon esprit, mais j'ai l'impression que le visage de ce garçon est plus carré, que le bleu de ses yeux est plus soutenu. Et surtout, il est tout ce qu'il y a de plus *réel.*

– Je t'ai vue en cours, dit-il en montrant le manuel de littérature posé à mes côtés.

On suit le même cours ? Comment se fait-il que je ne l'aie jamais vu ?...

Ah oui, je sais : c'est parce que je m'assieds au premier rang et que je ne regarde jamais autour de moi.

En dépit de mes grands projets, je suis toujours aussi timide et renfermée. L'occasion d'un nouveau départ me regarde droit dans les yeux, et je suis sur le point de la laisser passer.

Un peu de cran, Livvy.

Prends les rênes de ta vie et commence à la vivre pour de bon.

Je souris. Bon sang, qu'est-ce que je suis censée dire à un mec planté devant moi, un mec en chair et en os, dont je ne suis pas séparée par quelques milliers de kilomètres et une webcam en rade ?

Qu'est-ce qu'on doit dire à quelqu'un qu'on a envie de connaître ?

Je n'en ai aucune idée.

Je finis par balbutier un truc auquel je pense depuis des jours, mais que je n'ai eu le courage de dire à personne.

– Dis donc, il aime s'écouter parler, hein, ce prof.

– Carrément ! s'exclame-t-il avant de pousser mes affaires pour se laisser tomber à côté de moi. C'est genre : « Mais ta gueule, mec… »

Son sourire lui creuse des fossettes. Il me tend la main.

– Je m'appelle Nick.

Sa grande main chaude autour de la mienne me donne des frissons dans tout le bras. J'ignore par quel miracle j'arrive à répondre d'un ton égal :

– Livvy. Heureuse de faire ta connaissance.

Je suis déçue qu'il me lâche la main, mais il enchaîne :

– C'est plutôt calme par ici, aujourd'hui. Tu veux aller dîner plus tard ? Ils servent du gratin de macaronis au fromage ce soir.

– D'accord.

Une vague de chaleur m'envahit.

– On se retrouve ici à cinq heures ?

Je hoche la tête, incapable de parler.

– Cool.

En se levant, il fait tomber l'enveloppe à terre. Il la ramasse et me la tend.

– À plus.

Je souris et le regarde s'éloigner, le cœur battant. Je jette un œil à l'enveloppe. Mon adresse a été tapée à la machine, et celle de l'expéditeur n'est pas indiquée. Je l'ouvre et en sors une feuille pliée en quatre. Quelque chose tombe par terre.

Je me penche pour voir ce que c'est.

Une abeille morte se trouve à côté de mon pied.

Je shoote dedans en hurlant, puis plaque ma main sur ma bouche. J'attrape mes affaires et cours me réfugier dans ma chambre. Je m'aperçois que je n'ai pas regardé le courrier. Je m'effondre sur mon lit, mes mains tremblent si fort que j'ai du mal à déplier la feuille de papier.

Quelqu'un a gribouillé d'une écriture enfantine :

Bzzz. Bzzz. Bzzz.

Je froisse la feuille en boule et la jette à l'autre bout de la pièce.

C'est juste une blague de mauvais goût, me dis-je. *Une farce très nulle. Ça ne veut rien dire. Quelqu'un a vu l'interview et a voulu s'amuser à mes dépens.*

– C'est tout. C'est forcément ça. Juste un abruti, juste un…

Soudain la vérité me frappe de plein fouet, me coupant le souffle.

Dans l'interview, puis dans les articles qui ont suivi, j'ai raconté tant de choses au sujet de ma captivité dans ce sous-sol. J'ai donné tant de détails.

Mais je n'ai jamais raconté… à personne… l'histoire de la boîte remplie d'abeilles.

Remerciements

Il n'y a qu'un seul nom sur la couverture, et pourtant bien d'autres devraient y figurer, en toute justice. Les livres sont le fruit d'une collaboration ; ne laissez personne vous faire croire le contraire. Pour commencer, je voudrais remercier Liz Szabla, la meilleure éditrice dans sa catégorie. J'ai *tellement* de chance de travailler avec elle, tout comme avec Rich Deas, qui conçoit toujours des couvertures d'enfer, livre après livre. Et puis il y a toute l'équipe du groupe Macmillan Children's Publishing qui travaille dans l'ombre et me chouchoute lors des rencontres, ou quand je suis de passage au Flatiron : Jean Feiwel, Angus Killick, Nicole Banholzer, Mary Van Akin, Molly Brouillette, Lauren Burniac, Anna Roberto, Lucy Del Priore, Dave Barrett, Holly West et Katie Fee, pour n'en citer que quelques-uns. (Il y en a bien d'autres encore ! Vous vous reconnaîtrez.) Je leur suis plus que reconnaissante de s'occuper de mes livres. Et je suis aux anges d'avoir mis le point final à un nouveau roman. L'aventure continue.

S.A. BODEEN n'en est pas à son coup d'essai : même si *Le détour* n'est que son premier roman traduit en français, cette auteure américaine a déjà remporté de nombreux prix pour ses autres livres dont l'American Library Association Award. Après avoir vadrouillé dans le monde entier, elle dirige aujourd'hui des ateliers d'écritures au sein du Gotham Writers Workshop.

Vous pouvez la retrouver sur son site : www.writersabodeen.com.

Mise en pages PCA
44400 Rezé

IMPRIM'VERT® PEFC™ 10-31-1510

Imprimé en France
par Corlet Imprimeur
14110 Condé-sur-Noireau
Dépôt légal : septembre 2016
N° d'impression : 182884
ISBN : 978-2-7499-2930-9
LAF : 2207